人体模型の夜

中島らも

集英社文庫

人体模型の夜

目次

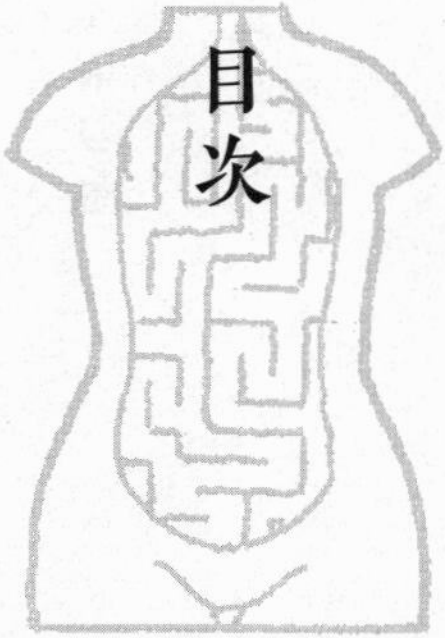

扉カット／ひさうちみちお
本文デザイン／Balcony（木村典子）

人体模型の夜

プロローグ　首屋敷

少年は首屋敷に忍び込むと、床の上にランドセルを放り投げた。

何十年と静かにふりつもっていた埃《ほこり》が、その一撃で高く舞い上がる。窓一面をおおった蔦《つた》の葉越しの西陽《にしび》の中で、埃のひとつひとつがきりきりと輝いた。

少年は、自分専用に、そこだけは埃をはらってある籐《とう》の椅子に腰をあずけ、宙を舞う埃の光り輝く混沌《こんとん》を眺めた。

首屋敷は、いつもの匂いがした。

それは、埃とカビと虫の喰《く》ったカーテンと大量の古書と、キャビネットの中に放置された古い薬品と。それらすべてが長い静寂の中でゆっくりと発酵した匂い。ここにしかない匂いだった。

少年は首屋敷にきてこの香りをかぐと、いまだ名づけられたことのない感情が自分の中に湧くのをいつも覚えた。放課後の校庭で、はっと気がつくと、もう誰一人遊んでいない。そんなときの胸のざわめきに似たものをこの匂いは呼び醒《さ》ます。

この空屋がなぜ首屋敷と呼ばれるのか、誰も詳しいことは知らない。昔、頭のおかしい学者が設計して造らせた家だという。学者はこの家ができてすぐに行方不明になった。生死の確認や相続権のもつれなどのために、屋敷は以降ずっと放置されているらしい。

たしかに、この家を設計した人物が正常な精神状態であったとは考えにくかった。家のまわりを橋のない濠《ほり》がめぐっているのはいいとして、入り口が三階にしかないのは異常だった。そこに登るための梯子《はしご》も階段もない。ただ、方法はある。

この家は近所の子供たちのかっこうの肝試し場になっていたが、家の中への潜入方法も口伝えで受け継がれていた。たくさんある窓のひとつひとつに小さなヴェランダがついている。これを階段がわりにして三階の入り口まで上がっていくのである。

三階は、二畳ほどの小部屋二十一室で構成されていた。これも奇妙だ。その中の一室に二階へ降りる穴と梯子がある。

二階はやはり、三畳の小部屋十四室から成っている。

人間の住居らしいのは一階だけだ。ここは二十畳ほどの居間とふたつの寝室でできていた。

トイレも浴室もなかった。

狂える学者は、風呂にははいらず、用は外の濠で足していたのだろう。

近所の子供たちは、年に一度、春の新入生肝試しのとき以外、首屋敷に近づくことはなかった。学校から厳禁されていたせいもあるが、本音はやはり恐ろしさのためだろう。学者の幽霊が出るという噂《うわさ》や、学者は実はまだ生きていて、迷い込んだ人間を生体解剖してしまうという噂。ありとあらゆる怪談がこの首屋敷にまとわりついていた。

そうした噂は、少年にとってはありがたいバリアーになった。

絶対に誰も訪れないこの空間に、少年は自分の王国を築いたのだ。

ほとんど毎日、少年はこの王国を訪れては、二、三時間、空想の中に遊ぶのだった。

ただ、その王国も今日をかぎりの運命にあった。

地元住民が以前から申請していた予算がおりて、取り壊しが決定したのである。明日からは業者がこの敷地にはいる予定になっている。

今日、少年は自分の王国に別れを告げにきたのだ。

古い薬品や錆《さ》びたピンセットのはいっているキャビネットに厚く埃がつもっている。その埃を指でなぞって、少年は自分の名を書いてみた。

たくさんある抽《ひ》き出《だ》しのひとつを抜いてみる。何か面白いものを記念に持って帰るつもりだった。

抜いた抽き出しの中には、さまざまな色をしたガラスの小壜《こびん》が並んでいた。どの壜にも半分ほど、粉末や結晶がはいっている。黄ばんだラベルには毛筆で薬品名が示されていたが、ドイツ語だ。少年には読めない。

抽き出しをもとへ戻そうとした手が、ふと止まった。

キャビネットの奥から、抽き出しの抜けた穴を通してかすかに風が流れてくるのだ。ランドセルから懐中電灯を取り出して、穴の奥を照らしてみる。そこにあるべきはずの壁はなく、暗闇が口を開いていた。

少年はキャビネットの横腹に肩口を押し当てて、思いっきり体重をかけてみた。キャビネットは案外抵抗なく横に滑り、そのあとに一メートル四方の入り口があらわれた。

〃地下室があったんだ〃

入り口から地下へ、急な階段が続いていた。

少年は足もとを照らしながら慎重に降りていく。

降り立った床面は、セメントで固めてあるようだった。

地下室にしては天井が高くとってある。

空気は冷たいが、一階ほどカビ臭くはない。

少年は大きく息を吸って、腹に、くっと力をこめた。心臓は、いまにも肌を破って胸から飛んで出そうに脈を打っていた。

動悸《どうき》が鎮まるまで、何度か深呼吸をくりかえす。あまり効果はなかった。

少年は覚悟を決めていた。

〃学者は、失踪したんじゃない。この地下室で死んだんだ〃

懐中電灯の光がまず最初に照らし出すもののことを、少年は何度も脳裡《のうり》にイメージした。

その凄惨さに慣れておくべきだと思った。

それから、ゆっくりと部屋の中を照らし探る。

巨大な一枚板でできた机が、部屋の中央にあった。

その上に、ビーカーやフラスコ、見慣れぬ工具類が雑然と並んでいる。机の中央に灯油ランプとマッチの大箱があった。

〝何十年も前のマッチが、使えるだろうか〟

少年は、マッチを擦ってみる。

最初の一、二本はもろく崩れて煙も出なかったが、三本目にじりっと火がついた。

灯油ランプの芯を少し引っぱり出すと、ある部分から先は濡《ぬ》れていて、つんと鼻をつく匂いがした。

ランプに火がつく。火屋《ほや》をかぶせると、部屋の四周が仄暗《ほのぐら》く浮かびあがった。

白骨死体は、無かった。

少年が目にしたのは、それよりも数等異様なものだった。

部屋の片隅に、一体の人体模型が立っていた。

それは、少年が理科室の裏倉庫で見るものとはあまりにかけはなれていたが、他に呼びようのない物体だった。

骨格標本が全体の軸になっている。

頭蓋骨の上に、腰まである長髪のかつらがかぶせられていた。そのかつらの前髪は、髑《どく》髏《ろ》の額なかばでおかっぱに切り揃《そろ》えられており、しかも髪全体は抜けるような銀白色であった。

両目には宝貝《たからがい》の殻が、底を表にしてはめこまれている。ぎざぎざした貝の口は、開口部に沿ってうがたれた穴を通るワイヤーによって何重にも縫い合わされている。

耳孔に、ふたつのフラスコが差し込まれていた。

鼻孔にはひからびた梔子《くちなし》の実が詰められ、口腔《こうくう》の中は枯れた薔薇《ばら》の花で満たされていた。

骨格標本の全体を、細いチューブが複雑に這《は》いまわっている。

肩の部分に歯車状のリールがあり、そこから四本ずつの腕が出ていた。都合八本の腕はそれぞれ、天・地・前・後・東・西・南・北を指している。

肋骨《ろっこつ》の内側には湾曲した鏡がはめこんであった。その下部に硫酸の壜がくくりつけてあるのは、これはたぶん〝胃〟なのだろう。

腰骨の中央に、獣の足が一本、針金で固定されている。蹄《ひづめ》のある、なにか大きな獣の足首だ。

脚部の骨は、部厚い獣皮でぐるぐる巻きにされていて、異様に太くなっていた。

膝蓋骨《しつがいこつ》に面がふたつ。凶悪な印象を与える呪具のような面が左右の骨にかぶせてある。

少年は、息を吞《の》んでこのオブジェを見つめ続けた。

動悸がおさまるのを待って、大机の傍らにあった椅子にすわりこむ。

灯油ランプに照らされた机の上に、一片のメモがあるのを少年はみつけた。

つもった埃をはらうと、青鉛筆で殴り書きされた、次の文字が読みとれた。

『ほぼ出来た。老生は彼《か》のピグマリオンと成って、我がガラテアを造った。ガラテアは動かぬ。が、動くものならば虫でも動く。石が動かず、虫の動くことは自然にして驚天のカラクリではあるが、もはや私は驚きに飽きた。いまは、動かぬ石の語るを聞きたい。ガラテアが縫われた目の裏側に見るものを知りたい。彼女はこの現世に死物として氷結されておるが、次元のひとつも踏みはずせば、石は唄い、ましてやこの美妃は』

メモはそこで途切れていた。

少年は、もう一度その人体模型をながめた。

そして近づいていった。

人体模型の胸元に耳を押し当ててみる。

遠くかすかに、
ふつり
ふつり
泡のような呟《つぶや》きが響いてきた。

Night of Galateia

邪眼

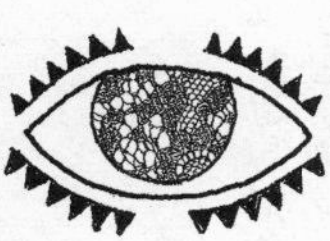

「サヤカのお腹《なか》を見ていると、無性にアメリカへ帰りたくなるよ」

アレックスが、私の妻の臨月近いお腹を見て言った。沙也加《さやか》は不思議そうにアレックスを見る。

「私のお腹を見て？　どうして？」

「サヤカのお腹を見ると、どうしても〝フットボール〟を思い出してしまうんだ。僕はハイスクール時代はチームのヒーローだったんだぜ」

アレックスは、ざらざらした声で笑うと、ストレートグラスに残ったウィスキーを、くいっと一口に飲み干した。私はその空のグラスにまた液体を注いでやる。

「君たちと知り合ってもう二年近くなるが、僕がこのスリランカから一歩でも外へ出たのを見たことがあるかい？」

「いや。君ほど仕事熱心なアメリカ人は見たことがない。沙也加ともそう言ってたんだ」

「スリランカに来る前は中東に四年いたんだ。ニューヨークへ帰ったのはその間に一回きりさ。これじゃどうやら一生独身で通すより仕方がないな」

アレックスは、アメリカ資本の商社に勤める三十代半ばのビジネスマンである。同じく商社勤めの私とは二年前に地元のパーティで知り合いになり、それ以来、互いに情報交換をし合う友人になった。

独り者のアレックスは、使用人が三人もいる広壮な一軒屋に住んでいるのだが、やはり退屈なのだろう、しょっちゅうウィスキーを一本ぶら下げては私の家へ遊びにくる。そんな彼に妻の沙也加は決して嫌な顔をしない。むしろアレックスのどこか淋《さび》しそうな顔に母性をかきたてられるのか、いつもテーブルいっぱいの手料理で歓待する。もっともその手料理の半分くらいは、メイドのハーリティが作っているのだが。

ハーリティは四十過ぎの後家さんで、めったに笑わない女だが、家事の腕は立つ。他の日本人商社マンは、アレックスのように二、三人の使用人を雇うのが普通なのだが、我家《わがや》は今のところハーリティ一人がいれば十分やっていける。もっとも、予定日が近づいた沙也加が無事に出産すれば、もう一人くらいは手がいるかもしれない。

このスリランカでは、人件費が考えられないくらいに安く、物価も家賃も日本とはケタちがいなので、我々はまるで王侯のような暮らしを楽しんでいる。円高の傾向になってからはそれに拍車がかかったようだ。

「君はそうやってホームシックになっているけれど、私なんかはもう日本に帰りたいとはあまり思わないね」

「ほう、そうかい。そんなにこの国が気に入ったのか」

「というより、日本の事情がひどすぎるんだよ」

「冗談だろ。日本は今や本当の黄金郷《エルドラド》じゃないか。世界中からねたまれているような国に生まれて、何が不満なんだ」

「いいかい、アレックス。私は日本では超一流の企業に勤めている。年収は六万ドルを超えるんだよ」

「オゥ、ジーザス！」

「そのくらいの収入の人間が、東京じゃ、都内に家も買えないんだよ。電車で片道二時間かかって通勤するなんてことは、もう東京じゃ当たり前なんだよ。土地の異常な値上がりで、誰ももう家なんか買えないんだ。だから家をあきらめて、せめていい車を買って自己満足する人間が増えてきている。東京で一番高い土地はギンザという所にあるんだが、一平方メートルがいくらすると思う？　二十二万ドルだよ、二十二万ドル」

「信じられない話だな」

「ホテルでコーヒーを飲めば、五、六ドルとられる。すべてそんな調子だ。自分の子供を大学にやるために、酒も煙草《たばこ》もやめる人もいる。ましてや、一軒屋を持ってメイドを雇うなんてのは夢物語さ」

「なるほど。それに比べれば、このスリランカでの暮らしは考えられないような幸福なんだな」

「そう。ここにいれば王族なみの暮らし。東京に戻ればただの中流ワーカーさ」

「じゃあ、君は今、とても幸せなんだな。裕福な暮らしをして、美しい奥さんと生活を楽しみ、念願の子供まで生まれる」

「そうだな。今が私の人生の中で、最高の状態なのかもしれない」

「顔が輝いてるぜ、幸福で」

「ひやかすなよ、アレックス」

「いや、僕はねたんでるんだよ。その証拠に僕の目が青くなってるだろ？」

「何のことだ。君の目が青いのはもともとじゃないか」

「いや、今のは〝イーブル・アイズ〟のジョークさ」

「〝イーブル・アイズ〟？　何だい、それは」

「スリランカに二年も住んでて、知らないのかい？」

「あたしは知ってるわ。ハーリティに教えてもらったもの」

沙也加が口をはさんだ。

「〝イーブル・アイズ〟っていうのは、邪視とか凶眼とか邪眼とか呼ばれている目のことよ」

彼女が日本語で私に説明した。そして今度はアレックスに微笑《ほほえ》みかけ、英語で言った。

「邪眼っていうのは、人に不幸をもたらす視線のことよね」

「そう。邪眼を怖《おそ》れるという風習は、大昔から世界各国にある。特に地中海から中近東、そしてこのスリランカにね。一番その傾向が強いのは、僕が前にいた中近東だ。イスラム圏では昔から異常に邪眼を怖れるんだ。ベールで目をかくしたりするのは、この邪眼から身を守るためでもある」

「その邪眼というのは、具体的にはどういうことなんだね」

「これはつまり、呪いのかけられた視線なんだね。その目で見られると、見られた人には病気だの災難だのの不幸が次々に襲いかかる。その結果、死んでしまうこともある」

「そいつは厄介だね。しかし、どれが邪眼かというのはどうやって判別するんだ」

「邪眼の持ち主は、女性に多いとされている。そして、眉間が狭くて眼窩《がんか》のくぼんだ目が要注意だ」

「しかし、そんな人相の女は掃いて捨てるほどいるじゃないか」

「面白いのは、イスラム圏では邪眼はだいたい青い瞳に多いとされてるんだ。さっき僕が冗談で言ったのはそのことさ」

「じゃ、西洋人はイスラム圏には行けないな」

「これは、歴史的な事実に由来してるんだよ。イスラム教徒は昔、シリアを中心にしてフランク人（西欧人）たちと大戦争をしただろ。フランク人の目には青い瞳が多かったからね。そんなところから、青い瞳は禍《わざわ》いをもたらす邪眼だってことになったんだろう」

「やれやれ。黒い瞳の日本人でよかったよ」

「日本人がこうやって繁栄してるのは、みんなが黒い目のおかげなんじゃないか？　邪眼が一人もいないんだよ」

「しかし、このスリランカにもそういう風習があるというのは面白いな。イスラム教の影響が尾をひいてるわけか」

　このスリランカでは、インド・アーリアン系のシンハラ族が仏教を信じ、ドラヴィダ系のタミル族がヒンドゥ教を信じている。人口的にはシンハラ族の方がずっと多数を占めている。そして人口の七、八パーセントがイスラム教徒である。そうした宗教の混在する中で、教義を超えて「邪眼」のような考え方が繁殖していったのだろうか。

「ハーリティが私に教えてくれたのは、こういうことだったのよ。私の名前がサヤカでしょ？　スリランカではこのサヤカの中の〝ヤカ〟っていうのは、悪魔のことなのよ。それをハーリティが冗談まじりに教えてくれたの」

「そう。ヤカというのは、インドでいう〝ヤクシ〟、つまり〝夜叉《やしゃ》〟のことだ。女のヤクシは〝ヤクシニー〟とも呼ばれている。スリランカの〝ヤカ〟はこの〝ヤクシニー〟に当たるんだ。つまりスリランカの悪魔はすべて女性なんだね。ヤカは必ず邪眼を持っていて人に不幸をもたらす。病気、狂気、死、天災なんかのね。ま、君もそれだけ幸福なら、悪魔の気にさわって仕方がないにちがいない。せいぜい邪眼には気をつけるんだな」

「ＯＫ、わかったよ。これからは外を歩くときは、しっかり目をつぶって歩くことにする」

「おいおい、そっちの方がよっぽど危ないぜ」

　笑い合って、話題は別の方へ移っていったが、この邪眼の話は、アレックスが帰ったあとも妙に私の心にひっかかったのだった。

　夜、ベッドの中で私は考えた。〝邪眼〟の話のどこが私を刺激したのだろうか。

　それはどうやら、私が幼い頃にいつもうなされた、ある悪夢に起因しているようだった。

私は幼い頃、母の妹である叔母《おば》に、たいへん可愛《かわい》がられて育った。その頃まだ独身だった叔母には、小さい私が彼女の全母性を傾ける対象だったのだろう。その愛に応える、私のなつきよう、甘えぶりもまた尋常ではなかった。ひとつふとんで抱きしめられて眠ることも、叔母が泊っていく夜には恒例のことになっていた。

ある夜、そうして叔母と眠っていた私は、夜中にふと目が醒《さ》めた。見ると、横に叔母の姿がない。

ただ私は、自分の枕元に何者かの気配を感じて、ゆっくりと顔をねじ向けてその方を見た。

枕元の方向に、その部屋の床の間があったが、その床の間の、くぼんだ闇の中で叔母が正坐《せいざ》をしていた。目をつむったまま、石のように動かない。何をしているのだろう。

「叔母さん？」

と私は小さく呼びかけた。

叔母がゆっくりと目をあけた。

その目には「瞳」がなかった。全体が白目のようで、それが青く光を放っているのだ。

夢はそこまでである。私は、ギャッと叫んで飛び起き、驚いて抱きしめようとする叔母の手から、必死で逃げようとしたらしい。

このことは、後々まで私の家族や当の叔母の間の笑い草になったけれど、私にとってはあまりの恐怖だったのだろう、その後も同じ夢を何度も見てはうなされた。

「青い目」という邪眼の話から、そういう遠い記憶が呼びさまされたのだろう。愛する者が化けものにすり換わるというのは、子供の頃、誰もが感じる恐怖である。私の場合、その怪物化する対象が、母親ではなく、叔母だったのだ。邪眼の話は、忘れていたその恐怖を思い出させた。

もっとも、邪眼云々《うんぬん》がこんなに心にひっかかるのは、今の私が幸福過ぎるからだろう。自分の幸福が崩れることを怖れるあまり、不幸をもたらすという邪眼の話が気にかかる。そういうことなのかもしれない。

「だんなさまのためにお祈りしているのです。それがいけませんか?」

ハーリティは眉根にシワをよせて言った。

あれから二週間後の夜半である。目が醒めて、喉の渇きを覚えた私は、台所へ向かう途中、メイドのハーリティの部屋から異臭がこぼれてくるのに気づいた。薬草をいぶしたような異臭とともに、何やら低くぶつぶつとまじないの文句が聞こえてくる。

私はハーリティの部屋をノックし、中をのぞいた。

部屋中に籠った、香の煙の中で、ハーリティが一心に祈っていた。

「何をしているんだね、こんな夜中に」

という私の問いに、ハーリティが答えたのが先の文句である。

「私のために祈る? それはどういうことなのかね」

私はつとめておだやかに尋ねた。この国にもやはりさまざまな奇習や信仰がある。国ごとのそうした異俗にいちいち驚いていたのでは商社マンはつとまらないのだ。

ハーリティは私の問いに、深い沈黙で答えた。何度かなだめるように問いただすうちに、この中年のメイドは、やっと重い口を開いた。たどたどしい英語だった。

「奥さまの中で、ヤカがこれ以上大きくならないように」

「ヤカが？　お前は沙也加にヤカが憑《つ》いているというのかね？」

「はい。最初は名前だけだった。サヤカの中のヤカ。でも、ヤカは、その名前を通じて奥さまの中にはいった。はいりやすかったのです。そして、毎日、奥さまを喰《く》って大きくなっていきます」

「ばかなことを言うんじゃない、ハーリティ」

「いいえ。私、毎日奥さまの世話しているからわかります。奥さま、前の奥さまでない。心のことも、身体《からだ》のことも、私にはわかります。だんなさまにはわかりませんか？」

私はふと押し黙ってしまった。

たしかに、妊娠して以来、沙也加は少し変わった。どこがどうとは言えないのだが、妙に私に対して冷たいところがある。話をしていても、笑い方、目の配りに、なにか底冷えするようなものがあるのだ。

しかし、私には予備知識があった。これは生物学的な反応なのだ。妊娠した女は、子供が無事に生まれるまで、夫を遠ざけるような精神構造になる。それは時として、憎しみに近いくらいの感情にまでなるらしい。結婚当時に読んだ医学書にそう書いてあった。おそらくは、母体の安全を確保するための自然の摂理なのだろう。何らかのホルモンのバランスで、夫を遠ざけるような心理傾向が生まれるのだ。そうした微妙な心理上の変化を、ハーリティは感じとり、彼女の無知と迷信深さのために〝ヤカ〟と結びつけたのではないか。

私はハーリティを叱ることはしなかった。

できる限りの説明で、妊婦のそうした心理異常について説明し、何も心配することはないのだ、と話してやった。

ハーリティの肩に手を置き、私は彼女の狭い眉間のシワと落ちくぼんで不安そうな目をのぞき込んだ。

「わかったね、ハーリティ」

「わかりました。もう、だんなさまのために祈ることはしません。でも、だんなさまにはわからない。奥さまはヤカを持っています。心と身体の中に、悪を育てているのです」

「いいかげんにしないか」

ハーリティの部屋を出た私は、台所でウィスキーを出してあおった。

沙也加が身体の中で悪を育てている。ハーリティはそう言った。それではまるで、沙也加のお腹の中で日々育っている子供そのものが〝ヤカ〟であるように聞こえるではないか。ハーリティは、この神聖な出産に泥を塗るつもりなのか。そうかもしれない。一生を貧困の中で育ってきたあの女には、私たち夫婦の輝くような幸福が呪わしいのではないのか。

地獄の亡者のように、私と沙也加を自分たちと同じ不幸の地平に引きずり落とそうとしているのではないか。あの金《かな》つぼまなこの……そういえば、ハーリティの顔というのは、アレックスの言った、邪眼の持ち主の人相そのままではないか。眉根が寄っていて、眼窩が落ちくぼんでいる。そしてその奥から放たれる視線は、ねっとりと恨みに満ちて……。

そうだ。彼女こそ呪いの目の持ち主なのではないのか。富める者の富をねたみ、愛する者の愛を呪い、すべての幸福に亀裂を入れる怨恨の視線。ハーリティこそ邪眼の主なのではないのか。そういえば、〝ハーリティ〟というこの名の響きは、どこかで聞いたことがある。不吉な響き。

私は部屋中の本を引っ張り出して探してみた。その結果、ある仏教関係の本の註釈《ちゆうしやく》の中に、彼女の名を見出《みいだ》した。

「ハーリティ＝仏教説話に出てくる悪女。一万人もの子供を産んだ母親だったが、他人の赤児《あかご》を奪っては食べていた。仏陀《ぶつだ》はこの女を戒めるためにハーリティの子を一人隠してしまう。ために改心した彼女は悪業を止《や》め、仏陀に帰依する。音訳されて中国では『訶利帝《かりてい》母《も》』。意訳されて『鬼子母神《きしもじん》』となる」

ハーリティを解雇したのは、次の日の朝だった。

彼女は一言の抗弁もせず、ただうなだれていた。夕方までには荷物をまとめて出ていくという。

この話をしている間中、沙也加は横にいたのだが、ハーリティを冷ややかに眺めるばかりで、私を責める様子も、メイドを慰留する意志も示さなかった。これは私には意外だったのだが、沙也加は沙也加で、ハーリティの意識下の呪いのようなものに気づいていたのかもしれない。

一件落着した思いで、私は家を出てオフィスへ出かけた。

ハーリティから社へ電話があったのは、昼をだいぶ過ぎてからだった。正午過ぎに、沙也加に陣痛が起こり始め、産婆を呼んで、今生まれるところだという。

予定より十日ほど早い。

私は、力車《リキシヤ》を走らせて、飛ぶように家へ帰った。

玄関をはいったところで、もう赤ん坊のさかんな泣き声が聞こえた。

「よかった。無事、生まれたのだ」

沙也加の部屋に行くと、妻とスリランカ人の老婆がいた。産後の手当てをすませたところらしい。沙也加は私の顔を見て、力なく笑った。

「おい。大丈夫か。赤ん坊はどうなんだ。男か、女か」

「ちょっと、そんなに一度に聞かないで。あたしもまだ見てないのよ。産んだあと、しばらく意識がなかったらしいの」

「で、赤ん坊は？」

「さあ……ハーリティが今見てくれてるんだと思うけど……」

「ハーリティが?」

私は駆け出した。遠くで赤ん坊の、火のついたような泣き声が聞こえる。この世のものではないような、苦痛の叫びが。ハーリティの部屋からだ。

私はそのドアに体当たりした。

ドアには、内から鍵がかかっているようだった。二度、三度、四度目の体当たりで錠前が外れたのか、私は部屋の中に転がり込んだ。

狂ったように泣きわめく、赤ん坊の上に身をかがめて、ハーリティが針と糸をあやつっていた。赤ん坊のまぶたを縫い合わせているのだった。

「何をしているっ!」

一瞬身のすくんだ私は叫んだ。

ハーリティはゆっくりとふりむいた。金つぼまなこの奥で閉じられていた目がゆっくりと開いた。その瞬間、私はあの悪夢の中の叔母の青く光る目をそこに見た気がした。

しかし、それは一瞬の幻想だった。ハーリティの目は、いつものように黒く、哀《かな》し気《げ》な光さえたたえていた。

「だんなさま。奥さまは、やはりヤカを育てていました。この女の子は、邪眼の子です。この子はだんなさまご夫婦に最悪の不幸をもたらします。だから、まぶたを縫い合わせているのです。おふたりのために」

私はものも言わずに突進すると、ハーリティの身体を突き飛ばし、赤ん坊をしっかりと抱きしめた。

幸いにもまぶたはまだ右目を二針ほど縫いつけられただけだった。

赤ん坊は、痛みのために、まだ見えない双眼を力一杯開いて泣き叫んでいた。

その開かれたまぶたの間からのぞいているのは、空のように澄んだ、ブルーの瞳だった。

そう。アレックスに瓜《うり》ふたつの、美しい、青い瞳だった。

Night of Galateia

セルフィネの血

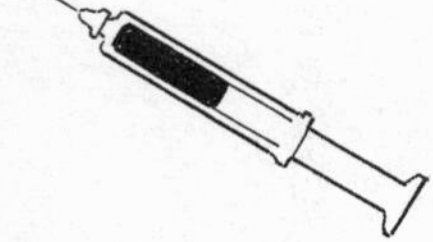

私の長い旅は、この島で終わった。

人生の半ば以上、二十数年間というものを私は漠然とした予感に駆られて旅に費《つい》やした。ブータン、インド、スリランカ、モロッコ、モーリシャス、ニューギニア、アルゼンチン、ペルー、etc.etc.

この呪われた地上のどこかに、「人間の住むべき地」があるはずだ、という妄想が私をつき動かしてきたのだ。

そしてその間中、私は自分の愚かさを憎み続けた。「地上最後の楽園」。この言葉は観光会社のパンフレットの中で腐臭を放っている。それなのに私は何をしているのか。

こと人間が棲息《せいそく》する限り、そこはいつでも楽園の対極に位置する穢土《えど》である。古今東西、時間軸を検証しても空間軸を踏査しても、そこに人間がいる限り楽園は顕現しない。なぜなら「楽園」とは、その存在を夢想した人間が、おのれの棲息範囲であるこの糞溜《くそだ》め＝現実を裏返してみただけの反世界であるからだ。

真空の中では血液が煮えたぎってしまうように、非在の聖域である楽園の中では人間は生きていけない。生きていけないどころか、自分の背中を見ることさえできない人間が、どうしてこの世の汚れと背中合わせの「聖性」を見ることができるのか。

愚かな望み。ミラージュのように逆さに浮かんだ世界。すべての実体がそこから滑り落ちてしまう世界。

私は誰よりもよくそのこと、楽園の非在を知っていた。それなのに、私はその非在の楽園を求めて世界中を放浪したのである。二十数年も。何という愚行なのだろう。それは自分の絶望の根拠を採集して歩く旅のようなものだった。

ただ、絶望だけが私を動かしていたのではなかった。どこかに「光の予感」があって、それが私の行先を照らしていたのだ。

現実の中に楽園がないのなら、夢、もしくは死の中にそれがあるのではないか。そこでなら人が楽園を夢の中で見ることのできる場所、夢に似た死を死ねる場所、少なくともそういう場所が、楽園に一番近い「人間のための場所」が、この地上のどこかに在るのではないか。

私が抱き続けた「光の予感」とはそのようなものであった。

そして、長い旅の果てに、私はこの島、セルフィネ島に辿《たど》り着いた。

島周四十キロにも満たない、海図上では針で突いた点のようにしか見えない、このちっぽけな島。渡り鳥さえ目もくれない、洋上のシミ。

しかし、渡り鳥がこのセルフィネ島をやり過ごすのは、連中がここをあなどっているからではない。彼等《かれら》はこの島を自分たちの糞便《ふんべん》で汚すことを恐れているのだ。なぜなら、ここは天使たちが翼をやすめるためにのみ作られた、そんな場所であるからだ。

セルフィネ島。この聖域に、私と、私の天使であるナオミが来てから、もう二ヶ月にもなる。二人でともに過ごす初めての夏。そして人生で最後の夏を味わうまで、私たちはもはやこの島を離れることはないだろう。

セルフィネ島はニューギニアとボルネオ、オーストラリアに囲まれたバンダ海の、やや赤道寄りにある。モルッカ諸島とスラ諸島のちょうど中間あたりに、ポツンとひとつだけ浮かんだ、文字通りの孤島である。

入江は島の南側にひとつあるだけで、周囲はきりたった絶壁に囲まれている。

この入江の周囲に村落があり、人口は現在千二百人強だ。もともとはポルトガル領だったが、現在はインドネシア共和国の中の一自治領となっている。

島内には教会がひとつあり、そこが学校を兼ねている。しかし、島の子供たちは十歳を越えると男の子は海で漁をし、女の子は島内の畑で働き始める。教育はあまり浸透していない。

島内でできるものは、コプラ、砂糖キビ、ゴム、くらいのもので、とても金になるような産業ではない。

ところが、このセルフィネ島の住民は、同区域の他の島々と比べても格段に豊かでのんびりと暮らしている。

それは、島の四周を囲む絶壁の下の岩場一帯で、天然真珠が豊富にとれるためである。アラフラ海からこの一帯にかけては、もともと真珠の産地であるが、セルフィネ島産の天然真珠はことに目を見張るほどに粒が大きく良質である。島民は年に四個ほどの真珠を上げれば、その金で優に一年は家族を養っていけるらしい。

もっとも、それを見つけるために、島民の男子は毎日欠かさず海に潜る。大物の真珠を探し当てるのは確率の問題なのだ。ただ、彼等が海に潜るのは、午前中のほんの半時間ほどなので、ワーカホリックの日本人の目から見れば労働の「ろ」の字にも値しないだろう。その間、女たちは畑仕事に行くわけだが、それとて半ば自生しているヤシの実をとり、イモを掘り上げるくらいのことである。

つまり、セルフィネ島では我々日本人がリクリエイションと呼んでいるもの、果実狩りだのダイビングだのが「労働」になるわけだ。

私とナオミはこの島に来て、最初は少しとまどった。この島の人々の生活が、あまりにも楽園めいているために、それが何らかの演出ではないか、と思ったのだ。

しかし、滞在して見ているうちに、よくわかってきた。この島の住人たちは、ほんとうに「何《なん》にもしていない」のだった。

私たちは、島でつい最近亡くなったというやもめ暮らしの漁師の残した家を借りていた。家賃はというと「タダ」だった。

私たちをこの島に運んでくれた定期船の船長が、セルフィネの村長コモイと相談してくれた結果、そういうことになったのだった。

「それでは申し訳ない」

と私が言うと、村長のコモイは、逆に申し訳なさそうな顔をして言った。

「いや、ちょうど漁師が一人死んで、家が一軒あいてたものでね。古い家で気持ち悪いだろうが我慢してくれ。一軒も空家がなければ我々で新しい家を作ってあげたのだが」

これにはさすがにあいた口がふさがらなかった。私もナオミも、世界中でいろいろと善良な人間、淳朴《じゅんぼく》な人間には会ってきたつもりだが。私には、この村長をはじめ、セルフィネ島の人たちの背中には、透明な翼がついているのではないか、という思いがした。ナオミがそうであるように。

ナオミとはタイのコサムイ島で知り合った。

彼女はまだ二十代半ばで、私とは三十近くも年の差があったが、異境での巡り会いは自閉気味の人間同士を裸にして向き合わせることがある。

安ホテルの一室で二人でマジックマッシュルームを試した。

と、突然、それまで岩のようだったナオミの肩甲骨のあたりから殻がガタンと外れて、そこから光が差し始めた。その光は際限のない言葉となって私の胸を温かく満たしていった。

同時にナオミの背から、光とともに、羽化するセミの羽根のようなものが二対。巻きがほどけるように伸びて透明な翼となるのを、私ははっきりと見た。

たとえキノコのアルカロイドがもたらした幻覚にせよ、私はナオミの天使性を疑わない。事実、それ以来ナオミは私の天使であり続け、その翼で私をこの島へ運んでくれた。マレー半島にいたある日、ナオミは目をつぶって、ヘアピンの先で地図を突き刺した。ピンの先が突いたのは、海の上だったが、そこから〇・五ミリほど離れたところに描かれていたのが、このセルフィネ島だったのである。

ナオミはまるで渡り鳥がそうするように、意識下で天使の「帰巣本能」を発揮したのかもしれない。

事実、ナオミはセルフィネ島に来てから、何度もこう言った。

「ここは天国みたいだね。死んでこういうとこ行くんなら死ぬのも悪くないね」

「死ぬだの何だのは、俺の言うセリフだろ？」

私はそう言って、いつもナオミの柔らかな唇を私のかさついた唇でふさぎ、彼女のしんなりとした重みを抱きしめた。

セルフィネ島の人々は皆目働かない。

それは見ていてもみごとなほどである。

女たちは午前中に長い棒を一本かついで野良に出ていく。棒の先は削ってあって、厚めのヘラのようになっている。

これを畑の土にかかとで蹴り込んでイモを掘り起こすのである。あるいはその先でヤシの実を叩《たた》き落とす。

島の中央の密林の中の方へ行けば、さまざまな果実がとれる。が、女たちは普段はあまり林の中へは行かない。毒蛇や毒虫はこの島にはいないので危険はない。行かないのは、そこが主に男女の密会の場所だからである。

男たちは、やはり午前中に海に潜る。海底には巨大なあこや貝があちらこちらにいるが、いい真珠の育っているものにはめったに出会わない。貝柱を切って開けた貝は、獲物がなければそのまま放って置く。真珠の核になる砂つぶを放り込んで置くこともある。この貝は食べてもうまいのだが、強《し》いて食べることはしない。食べてうまいものは海の中にはたくさんあるが、真珠を作れるのはこの貝だけだからだ。

驚いたことに、彼等は魚さえもあまりとらない。海中にいる大きな魚は人見知りをしないので、ハタやブダイなどは鼻をすり寄せてくるくらいなのだが、それでもとらない。

彼等は海中にいるのが嫌いのようで、真珠がないときには手ぶらでさっさと岸に上がってくる。その後で、浅瀬の貝やエビ、小魚、ウミウシなどをとって適当に持ち帰る。

村長のコモイに言わせると、

「深いところのものは深いところのものが食べる。人間に与えられたのは、せいぜい膝がつかるくらいのところでとれるもの。それを越えると海の神も怒る」

ということだった。

「じゃ、深みに潜って真珠をとるってのは、やっぱり海の神さまが怒るんじゃないのか」

と私は尋ねてみた。コモイ村長はこの問いに対しては、あいまいな笑いを浮かべているだけだった。

ところで、私はセルフィネ島の人たちが、豊かでいてしかも遊びのような労働しか知らない、そのことをさして楽園のようだと言っているのではない。

この島は物理的、経済的な観点から見ればたしかに異常なほど恵まれている。近代都市においては、労働とは即《すなわ》ち「苦痛」であり、その苦痛に対する対価としての報酬は割に合わないほど少ない。それに対してセルフィネ島の人たちは、労働とは呼べない「ゲーム」のようなものに対して十分な対価、金銭、食物を与えられる。

ついでのことに言うと、セルフィネ島ではセックスに対してもタブーというものはほとんどない。せいぜい近親相姦《そうかん》がタブーとされているくらいで、性に関しては限りなくオープンである。

これについては、島に着いた当初に、私自身が何人もの島の少女たちから交渉を迫られて、ナオミに助けてもらったことでもわかる。

原因は私の見るところでは、セルフィネ島の人口比のかたよりにあると思われる。セルフィネ島では、男よりはるかに女の人口の方が多いのだ。これは特異な現象である。通常、男子の出生率は女子のそれよりも三パーセントほど多い。男子は生物学的に見ても死亡率が高く、育ちにくいために自然の摂理で個体数が多くなったのだろう。それが最近の医学の発達で男子の幼時死亡率が下がり、今では未婚男子が三十万人も余っている状態に、日本ではなっている。

ところがセルフィネ島の男女比は、驚くべきことに男四〇パーセントに女六〇パーセントなのである。これはコモイ村長から聞いた話で、私自身が統計をとったわけではない。しかし、そう言われてみれば、セルフィネでは圧倒的に女性を多く見かける。ことに男性の大半が海に潜っている午前中などは、まさに村中女ばかりである。

これは何か男子特有の疾病、風土病のようなものがあるのかと思って村長に尋ねてみたが、そんなものはないという。たしかに私の見る限りでも、セルフィネには驚くほど病気が少ない。孤絶した島なので、伝染病などからまぬがれたこともあるだろう。それにしても島の人々は実に健康だ。薬品添加のない食物に加えて、小魚や海草を豊富に摂《と》るおかげだろう。

そして何よりも、ストレスの少なさが病気を少なくしているにちがいない。

となると、セルフィネの男子の少なさは、この島に特異な遺伝的形質なのかもしれない。

そういう男女比のせいで、島には一夫一婦制や、その他の結婚の形態がない。「結びの式」というものがあるにはあるが、性生活は日本古代の「通い婚」のような形式であって、相互の制約はほとんどない。男も女も複数の相手と別々の時間に交わり合うので、いわば「時間差のあるオージー」が常識化している。生まれた子供は、村落が共同互助のもとに育てる。

こんな文化の土台の上には「嫉妬」の感情というものは発生しにくい。女の奪い合いでの刃傷沙汰《にんじょうざた》などはここ百年間見たことも聞いたこともないと、コモイ村長は言う。

さて、ここまで現実が楽園的だと、私もナオミも最後の疑問に行き当たるのだった。

食べ物にも金にも不自由しない。セックスも自由。病気も少ない。働かなくてもいい。そうなると、セルフィネの人たちが幸福だと、はたして言えるだろうか。自然と共存し、生まれたときから克服すべき貧困も差別も何もない。あるのは目の前の豊饒《ほうじょう》な海とゆったりと進んでいく永遠だけ。

そんな環境に生まれて、はたして人間は幸福なのだろうか。呪われた土地からやってきた私やナオミには、セルフィネの楽園性はよくわかる。しかし、生まれついて不幸という概念を知らないこの島の住民たちに、はたして「幸福」の意味がわかるのだろうか。

あり余る時間と無為の中では、人間とは退嬰《たいえい》していくものなのではないのか。

しかし、我々のこうした疑問に対する答えは、セルフィネの人たちの、生き生きとした目の輝きだった。

あり余る時間を彼等は決してもて余しているわけではなかった。日中、彼等は「歌」を作り、祭りに備えて踊りの訓練をする。

歌の内容は非常に抽象的かつ幻想的なものだが、各人が作った歌は村の会議にかけられ「真実の歌」は「永遠の歌」の中に新たに加えられる。「永遠の歌」はこの島の住民が代々歌い継いできた伝承歌で、こうして現在も年に何句かずつ増殖していくわけだから、全体では途方もない長さになる。歌いきるためには何日もかかるので、年に一度の祭りの日にしか全部歌われることはない。

歌の詩句は、神が島民に語りかけてくる言葉だとされている。神が語りかけてくるのはきまって「見る時」においてである。

夕方から深夜にかけての七、八時間を、彼等は焚火《たきび》のまわりで過ごす。これを彼等は「見る時」と呼んでいる。

「見る時」には必ず「カイルワ」を廻《まわ》し飲みする。これは島に自生するツル草の一種で、この茎を乳鉢ですりつぶした後乾燥させ、これをパイプで吸う。

私とナオミも何度か試してみたが「カイルワ」には未知のアルカロイドが含まれているようで、特殊な酩酊《めいてい》感と幻覚を引き起こす。

最初は体が浮いたようになり、その後で目の前に色の洪水をともなった幾何学文様があらわれる。そして最後に「世界を見る」のである。過去と未来の中を、あるいは現実の空の高みを、「見る者」は飛んでいる。このヴィジョンは非常に鮮明で美しい。そのヴィジヨンの中で、我々は「神の目」が見るように、世界をとらえなおすことができるのだ。

セルフィネの人たちは、毎夜そうして世界を「見る」ことに費す。思索するのではなく「カイルワ」を通して直接にこの世界を宇宙を「感じる」ことに熱中する。この「見る時」に語りかけてくる神の言葉を人間の言葉に翻訳してできるのが「歌」である。なぜ翻訳が必要かというと、神の言葉は、ときには風や水の音であったり、色彩であったり、幾何学的な文様であったり、天体の運行であったりするからだ。

こうして彼等は毎日、宇宙に関する膨大な歌を編んでいく。子供のように無目的に、歓《よろこ》びをもって。

彼等はそのことで忙しいのだ。退屈などはどこを探してもない。天上的な歓びだけが彼等を満たしているのだ。

私がセルフィネが楽園だというのはこのことをさしている。


今日の昼、定期船でスキューバダイビングの一式が届いた。島の若者のように長時間素潜りのできないナオミにとっては、待ちに待った機材だった。

私自身は、泳ぐことや潜ることにさしたる興味はない。が、ナオミの嬉《うれ》しそうな顔を見ていると、こちらまでうきうきしてくる。

ナオミは目を輝かせてボンベやレギュレイターを点検していたが、そのうちついに我慢

しきれなくなったのだろう。明日の朝いっしょに潜ろうという私をふりきって、

「ちょっとだけ試してみる」

と海岸へ行ってしまった。

手もちぶさたになった私は、一人でウィスキーを飲み始めた。日没の気配はするものの、「見る時」までにはまだ時間がある。

最近では私もナオミも「見る時」の面白さに夢中になってしまっていた。「カイルワ」のトリップには一種のコツがあって、それはダイビングに似ている。リラックスの仕方や気のゆるめ方によって、どんどん深く、あるいは高く、潜ったり飛んだりできるようになるのだ。それにつれて宇宙の意味が、一見無意味に見える現象の孕《はら》んでいるメッセージが、少しずつ解読できるようになってくる。

「カイルワ」について考えながら、ぼんやりとウィスキーをなめていると、コモイが鶏を届けに来てくれた。

ウィスキーをすすめると、コモイは嬉しそうにゴクゴクと飲んだ。強い酒というものを彼はあまりよく知らないのだ。すぐに、面白いほど酔っ払ってしまった。

私たちはお互いにたどたどしい英語で冗談を言い合っては、腹をかかえて笑った。

酒のせいで感情の揺れが激しくなっていたのだろう。私はそのうちに真顔になってセルフィネ讃歌《さんか》をとなえ始めた。この島の存在によって、いかに自分が変わったか。この島こそ選ばれた人間にだけ神が与えたもうた地上の楽園である、といったことを熱を込めてコ

モイに話した。

この老人は、途中までにこにこして話を聞いていたが、「楽園」云々《うんぬん》の話になると、小首をかしげた。

「楽園？　この島がかね」

「もちろんだよ。他の土地にはあふれかえっている悲惨や苦しみを、この島では見つけることができない」

コモイ村長は自分のグラスにウィスキーを注ぐと、また一息に飲みほした。そして、眉根にシワを寄せてじっと私の目を見た。それはこの島ではめったに見ることのできない、暗い表情だった。

「ワシはよその土地のことはよく知らん。ただ、この島があんたの言うほどの楽園だとはとても思えないな」

「そんなことはない」

言いかけて私は言葉に迷った。この老人に、大都会のテクノストレスだのエイズだの資本主義の歪《ゆが》みだのを話しても、理解に苦しむだけだろう。

「たとえばだね、他の島ではセルフィネのようにみごとな真珠はとれない。そのために人々は年中働かねば食べていけない。おまけに病気や毒蛇、毒虫にいつも脅《おび》えて暮らしているんだ。それだけでもこのセルフィネは天国じゃないか」

「それはそうかもしれんが、あんたはこの島に来て日が浅いから、まだよくわかってないところがあるんだろう。この島を良く思い過ぎているよ」

「そうだろうか」

「そうとも。セルフィネは天国でも楽園でもない、ただの人間の住む島だよ。楽園にはメクラアナゴはいないはずだからね」

「メクラアナゴ？　何だね、それは」

コモイの表情に驚きの色が走った。

「あんた、誰からもメクラアナゴの話を聞いとらんのかね」

「ああ。初めて聞く名だが」

次の瞬間、コモイ老人は腹をかかえて笑い出した。彼の笑いの発作がおさまり、涙がとまるまでにはかなりの時間がかかった。

「あれのことを知らなかったのかね。どうも話がくいちがうと思った。それでこの島を楽園だの天国だのと言っていたんだな。あっははは」

「いったい何なんだね、そのメクラアナゴってのは」

「メクラアナゴってのはな、海底の泥の中に住んでるヘビみたいな奴《やつ》だよ」

「ウミヘビか何かかね」

「いや、どちらかというと、虫に近いな。体は細長くやや側扁《そくへん》していて、全長は五、六十センチくらいある。アナゴとかウツボみたいに尾ビレと背ビレがあるが、目はまったく退化してる。口は魚の口ではなくて、ゴカイとかイソメの口に似てるな。開いたりすぼんだりして、中にスクリューみたいな平たい歯がついてる」

「何だか、わけのわからないもんだな」

「〝円口類《えんこう》〟っていうんだそうだ。まあ、ゴカイとかミミズのでかいのに魚みたいなヒレがついたもんだろう。普段は泥の中でじっとしてるがね、嗅覚が異常に発達してる。こいつの上をサメとかハタなんかのでっかい魚が通ると、下から昇っていって、スクリューみたいな歯で下腹を喰《く》い破るんだ」

「サメの……」

「ああ。そのまま腹の中へはいっちまう。こいつにやられた魚は、骨と皮になるまで体液を吸い取られちまうんだよ」

「ずいぶん気味の悪いもんだな」

「このメクラアナゴは、悪いことに真珠母貝《ぼがい》のいるところにやたらに多いんだよ」

「まさか人間は襲わないんだろ？」

「襲わないどころじゃない。あんた、この村に男が少ないのは何のせいだと思ってるんだね」

「まさか」

「この村の男の三人に一人はメクラアナゴにやられるんだよ。それでも真珠とりをやめるわけにはいかんしな」

「しかし、そんな長虫一匹くらい、海の中だといっても大の男が何とか退治できないのかね」

「退治って……」

コモイは目を丸くして私を見た。

「何千匹も何万匹もいるんだよ。一匹なんかじゃない」

「何万匹だって？」

「連中は群れて棲《す》んでるんだ。ただまあ、連中が動き出すのは夕方から夜にかけてだからね。ワシらのように午前中の短時間だけ潜るようにしてればまだ安全だ。それでもときどきあんまり海底に近づき過ぎてやられるけどね。今度いっぺん、今くらいの時間に舟を出して海の中を見せてやるよ。海中一面、連中が〝ダマ〟になってうねってる様子ってのはさ、楽園なんてもんじゃない。〝地獄〟だよ、〝地獄〟」

私はグラスを置くと、テラスの外の景色に目をやった。陽《ひ》は半ば沈みかけて、空一面が鮮血のような色に染まっていた。

私はレギュレイターをくわえて海へ潜っていったナオミのことを思い、血がにじむまで唇を嚙《か》んだ。

Night of Galateia

はなびえ

「着いたよ」

泉《いずみ》は、大橋を渡り切ってすぐのところでポルシェを停《と》めた。

「このマンション？」

梨恵子《りえこ》は車窓越しにその建物を眺め上げた。

「ずいぶん古いんじゃない、ここって」

都内のマンションとしては、けっこう大きい部類にはいるのだろう。七、八階建てくらいで高さはそこそこだが、横幅が長い。干し物をひっかけたヴェランダが延々と並んでいる。ただ、そのヴェランダの金属は、ところどころ塗料がはげ落ちて錆《さび》をのぞかせていた。建物の壁も、昔は純白であったようだが、今は薄い灰色にくすんでいる。全体には何の装飾もほどこされておらず、病棟のような陰鬱さが感じられた。

泉は、さも心外だというようにゼスチャーつきで説明を始めた。

「古い？　これでも築十年そこそこなんだ。この一帯は古い埋め立て地で、言わば出島になってる。海からの潮っ気が強いから、金属類の傷みが早いんだ。だから見てくれは古びて見える」

「ここ、島なの？」

「そう。さっき渡った大橋一本でつながってる。おかしなもので、あの橋を渡るのと渡らないのとで、物件の値段が三割くらい違ってくるんだ。駅からこんなに近いのにね。この物件だって引く手あまたで順番待ちの状態になってる。不動産屋の俺だから押さえられたようなもんだ。まあ、中を見てみろよ」

恩着せがましい泉のおしゃべりを背中で受けて、梨恵子は車を降りた。

「ほんとだ。潮の香りがする」

車を降りるか降りないかのうちに、梨恵子の鼻は海の匂いを嗅ぎ当てた。

「それも汽水の匂いね。淡水と海水の混じり合った、河口の匂いだわ」

「あいかわらず匂いにうるさいんだな」

「それが仕事ですからね。でも私、この香りは嫌いじゃないわよ」

梨恵子は調香師を仕事にして、もう十年ほどになる。香水や洗剤、整髪料や食物、その他のものの香りをブレンドし、デザインするのだ。

梨恵子は小さい頃から強度の近視だった。目が弱いために、そのかわりとして聴覚と嗅覚が異常に発達したのだろう。人が気づかないような小さな音でも聞き取ることができたし、匂いにはもっと敏感だった。

大学では香料の研究をし、嗅ぎ分けのトレーニングを積んで、プロの検定を受けた。

今年で三十四になるがいまだに独身なのは、この特殊な仕事の面白さに夢中になり過ぎたせいでもある。もっとも、七年ほど前に結婚を考えたことはあった。相手は今日の前にいる泉だった。泉は都内の不動産会社の二代目で、頭の切れる、遊び上手な男だった。ある種の毒気を含んだ知性の持ち主で、その得体の知れないところに梨恵子をひきつける何かがあった。

結婚までいかなかったのは、梨恵子の「鼻」のせいである。

ある日、ベッドをともにしていた泉の体に、かすかではあるが別の女の匂いがした。輸入ものの香水と口紅、それにその女自身の体臭の混ざった特殊な香り。その匂いの持ち主を梨恵子は知っていた。一人一人の人間にはその人だけが持つ独特な香りがある。梨恵子にとって、匂いは相手の顔よりも指紋よりも、くっきりとした個人の目印になるのだった。泉の体に感じた別の女の匂いは、梨恵子と泉に共通の親友である、伴井美智子《なからいみちこ》のものだった。

泉はさまざまに弁解をしたが、梨恵子は耳を貸さず、結果的にはこっぴどいやり方で泉を振ることになった。伴井美智子とは絶交になった。彼女にとっては、幾万の言葉よりも、匂いの方が真実を語ってくれるという確信があった。

今回、急な転居で泉に不動産のあっせんを依頼したのだが、梨恵子は泉に未練がましい想《おも》いを残しているわけではない。言わば、会っても日常的な会話が交わせるほどに、二人の間は冷めて他人めいたものに落ち着いた、ということだ。

梨恵子は、自分の特殊な嗅覚のせいでひとつの恋愛を失ってしまったわけだが、そのことで別に後悔はしていない。無知の上に築かれた幸福よりも、むしろ無慚《むざん》な真実の方を梨恵子は選ぶ。

ただ、ときには自分のこの能力がうとましく思えることもないではなかった。たとえば電車に乗っていても、彼女にはまわりの人間のプライバシーが匂いを通して読めてしまうのだ。前にいる男が、昨夜中国料理を食べ、ウィスキーとビールを大量に飲み、その後誰かとセックスをしたこと。今朝はそのせいで寝坊をして、歯も磨かずに駅まで走ってきたこと。すべてが匂いでわかってしまう。

相手の健康状態もわかる。胃の病気、肺の病気、糖尿、皮膚病。病気にはそれぞれ特有の匂いがあるからだ。運の悪いときには、相手から進行したガンの屍臭《ししゅう》を嗅いでしまうことすらある。そういう日には一日中気が重い。鼻に詰めものをして歩こうかと真剣に考えたこともあるほどだった。

「一階は店舗になってる」

泉はマンションの入り口で立ち止まって、並んでいる店をさし示した。

「美容サロンとブティックと薬局だ。女の人が住むには便利がいいだろう。それにあの端っこの店は九州ラーメンの店だ。あんまりうまくはないけどね、夜中の三時までやってるから、腹の減ったときにはけっこう重宝だ」

梨恵子は眉をしかめた。

「あなたって物忘れが早いのね。私がベジタリアンだってこと、もう忘れたの？」

泉は苦笑した。

「ああ、そうだった。よく精進料理だのサラダ屋につき合わされたな」

「いいわね、物忘れの早い人は。立ち直りも早くって」

「いじめるなよ。君だって、ちゃっかりこうして俺に仕事を頼んでくるんだから、お互いさまだろう。とにかく、この物件は掘り出しものだ。昔話はやめて部屋を見ようぜ」

案内されたのは、二階の端の二〇一号室だった。マンションの外観に反して、室内は清潔でさっぱりとした印象だった。

「奥が八畳の洋室で、こっちが和室だ。キッチンも広いだろう。全部本間取りだぜ。団地サイズなんてみみっちいもんじゃない。外のヴェランダだって、普通のマンションより三割くらい広く取ってある。南向きだしな。なにより見所はここさ」

泉はもったいぶった手つきで、バスルームの扉をあけた。梨恵子は思わず声を上げた。

「広い。素敵なお風呂」

淡いピンクのタイルが敷かれたそのバスルームはたしかに今までに知っているどのマンションのものよりも広々としていた。

「今どきこんな浴室ってないだろう。ほらこっちは洗い場だ。体は風呂の外で洗うんだ。普通の家の内風呂みたいに。浴槽にたっぷり湯を張って、ゆったり身体《からだ》を伸ばせる。洗い場も広いしね。ま、小さな銭湯みたいなもんさ」

バスルームを見た途端に、梨恵子はここを借りる決心を固めた。今までのマンションのバスルームの窮屈さに比べると、ここの広さは天と地の違いだった。自分で調合した芳香剤を湯に入れ、ここで身体を伸ばして長湯をする自分の姿が目に浮かんだ。どれほどリラックスすることだろう。

「たしかにここは掘り出しものね。でも、私に払えるかしら」

「九万でいい」

「十九万？」

「いや、ただの九万だ。共益費や何やを入れても十万にはならんだろう」

「嘘《うそ》でしょう？　二十四、五万でもおかしくないわよ、ここなら」

あっけに取られている梨恵子に、泉はウィンクをして寄こした。

「だから言ったろう。掘り出しものだって」


引っ越しがすんで、わずか半日ほどの間に梨恵子は荷物の整理を終えてしまった。彼女はデリケートな仕事をしている反動で、ライフスタイルはラフで、むしろ男っぽい生活の仕方だった。衣服は最小限の機能中心のものばかりで、調理器具なども極端に少なかった。圧力釜と菜切り包丁、あとは小ぶりの中華鍋といった程度だ。むしろかさ高いのは香料に関する資料類や試薬などで、これだけで和室が満杯になってしまった。

それでも、雑多な不要物がないので、片づけはあっという間に終わった。

部屋に掃除機をかけ、すべてがさっぱりと落ち着いたのにまだ日は落ちていなかった。電話の取り付け手配をＮＴＴですませた後、少し近所を散歩してみた。

ごく近い所に商店街とかなり大きな市場があった。このあたりは下町で、変に気どった店はない。売っているのは生活必需品ばかりで、梨恵子にはかえってそれがありがたかった。

昔風のつくりの米屋で、七分づきの米と玄米を注文する。

肉屋や魚屋は梨恵子には縁がない。市場の中には八百屋が三軒もあった。葉っぱつきの大根や、新鮮な根菜類、地場で採れた豆類などが山積みにされていて梨恵子を狂喜させた。豆腐屋も、老夫婦が作る昔ながらの、縄でしばれるような固い豆腐を売っていた。

梨恵子の食生活は、これでほぼ完璧に保証されたことになる。

菜食主義者になったのは、別に思想的な理由によるのではない。これも鼻のせいである。少しでも古い魚や鶏肉《とりにく》は、悪臭がまず鼻についてどうしても喉を通らないのだ。新鮮なものなら食べられるが、今まで生きていたような魚介類を毎日食べられるほど収入があるわけではない。ごくごく自然ななりゆきで、梨恵子はベジタリアンになっていった。

青々とした野菜を腕一杯にかかえて帰ってきた梨恵子は、サラダと豆腐とポテトで、新居における一回目の食事をすませた。

それから、風呂にたっぷりの湯を張る。

まず身体を洗い、かかり湯をしてから浴槽に身体を沈める。こんな風呂のはいり方をしたのは何年ぶりだろうか。今までのマンションでは、膝をかかえて湯につかるのが精一杯の広さだったのだ。しかも、目の前に便器と洗面台があった。ここ何年も、梨恵子はシャワーだけで寒々とした入浴をすませていたのだ。

肩までたっぷりとした湯につかる。浴槽のふちからあふれた湯が、惜し気もなく洗い場にこぼれて落ちた。その湯はかすかな緑色に染まっていて、淡いハーブの香りを放っている。梨恵子が各種のハーブを微妙に調合して、自分の一番好きな香りにした入浴剤の芳香である。

脚を伸ばしてゆったりと身体を暖めていると、梨恵子は自分が甘やかな幸福感に満たされてくるのを感じた。

「独りだから幸せなんだ」

と彼女は思った。孤独は清潔ですがすがしい。孤独は誰をも傷つけない。孤独は答えを要求しない。たくさんの人間との関係の中で感じる淋《さび》しさに比べれば、孤独はなんと暖かいことだろう。

ほとんど眠ってしまいそうなほどのやすらぎに包まれて、梨恵子は二十分近くも湯の中に沈んでいた。

さすがに芯まで暖かくなって、一瞬ふらっとしながら浴室を出る。

冷蔵庫からシェリー酒を出し、背の高いリキュールグラスに半分ほど注ぐ。それを持って、梨恵子はヴェランダに出てみた。

ヴェランダからは、大橋と、その下を流れる河口が見えた。ランプをいくつも吊《つ》るした漁船が橋の下を通っていく。河べりの散歩道。犬を連れた老人、若いカップル、ジョギング中の青年などが通っていく。風は凪《な》いでいるが、あたりには潮とオゾンの香りがたちこめている。西方の空はバラ色から徐々に真紅に変わっていく。

梨恵子は、手にしたシェリーを飲むのも忘れて、陶然とその光景を見ていた。

「ずっとここに居よう」

漠然とそう思った。

ずっとこのまま、この部屋で、海の匂いとポプリの芳香に包まれて、静かに年をとっていきたい。誰をも傷つけず、そのかわり誰からも愛されず、植物のように無言のまま。そしてある日、一瞬松ヤニの匂いを残してひっそりと死んでいきたい。そう思った。

〝シャーッ〟という小さな音が梨恵子を夢想から現実に引き戻した。その音に気づかなければ、いつまでもそのままヴェランダに立っていたかもしれない。

我にかえると、さすがに肌寒さを感じた。ほてっていた身体も、この季節の冷気ですっかり冷め始めていた。

「何の音だろう」

部屋に戻ってガラス戸をしめる。

その小さな音は、この部屋のどこかから聞こえていた。水音だった。〝シャーッ〟とかなり強い水圧の水音が、一秒おきくらいに間を置いて聞こえてくる。

水音はあきらかにバスルームから聞こえてくるのだった。

「シャワーを出しっぱなしにして出てきちゃったんだ」

梨恵子は、手元のシェリーを一口含むと、グラスをキッチンに置き、バスルームに向かった。近づくにつれて、シャワーの音が強くなってきた。

バスルームの扉をあける。

「？」

ほんのりと湯気に煙っているバスルーム。シャワー器具は洗い場の側の壁の留め具にきちんと掛けられている。湯は出ていなかった。さっきまで聞こえていたあの音も、扉をあけると同時に消えていた。少しの間様子を見ていたが、シャワーが再び出る気配はない。

梨恵子は念のために、浴槽の中も調べてみた。底にある排水口の栓が抜けて、そこから湯が漏れているのではないかと思ったのだ。栓はきっちりとしまっていた。

浴室を出ながら梨恵子はしきりに首をひねった。錯覚だったのだろうか。どこかよその部屋からシャワーの音が聞こえてきたのかもしれない。

しかし、梨恵子は鼻に対するほどではないものの、自分の聴覚に絶対的な信頼を持っていた。目の悪いぶんを、今まで鼻と耳の感度の良さでおぎなってきたのである。あの音はたしかにこの部屋のバスルームの中から聞こえていた。

残ったシェリーをなめながら考えるうちに、梨恵子は、はっとあることに気づいた。

彼女は今日、シャワーを使わなかったのである。かかり湯をして軽く身体を洗い、後は浴槽につかってそのまま出てきた。シャワーの器具には指一本ふれなかったはずだ。シャワーと水道管との切り替えノズルにもさわっていない。使ってもいないシャワーを、しめ忘れることなどありえないのだ。

その後の二週間は快適に過ぎていった。

梨恵子は、勤め先である「アロマ・デザイン・オフィス」での仕事が終わると、寄り道もせずにマンションに帰った。

かなり大きなプロジェクトが舞い込んでいたので、さまざまな資料を持ち帰って、夜中まで仕事に没頭することが多かった。

新しいプロジェクトは、流し台や浴槽の大手メーカーが、新たに販売する浴剤の開発だった。漢方系のハーブを組み合わせて、「気」や「経絡《けいらく》」の流れをコンセプトにおいた商品である。本草学《ほんぞう》の古書や気功医学の本など、今までとは分野の異なる、膨大な資料を読みこなさねばならなかった。

根《こん》を詰めたときに、このマンションの広々とした風呂は、素晴しいリフレッシュ装置になった。徹夜に近いような日の明け方でも、熱い湯にさっとつかると見ちがえるように疲れが取れてしまう。

梨恵子は、多いときには、朝に一回、夕方から深夜にかけて四回も入浴することがあった。

そんなある夜。泉から電話がかかってきた。

「なに？　どうしたの？」

「いやあ、ごめんごめん。一回連絡しようと思ってたんだけど、放りっぱなしになってて。どうだい、そっちの住み心地は。何か具合の悪いとことかないだろうか」

「いえ。住み心地は最高よ」

「そうかい。そりゃよかった。どっかガタがきたとか使い勝手の悪いところがあったら、遠慮なく言ってきてくれよ。こっちはメンテナンスも商売のうちなんだから」

「とてもいいマンションだわ。まわりも静かだし」

「それで、どうだろう。メンテナンスがないとなると言い訳に困るんだが……」

「なに？」

「一度、そっちへ行っていいだろうか。久しぶりにゆっくり食事でもしないかい。君の野菜料理が何だかなつかしくってね。積もる話もあるだろうし」

「泉さん。言っときますけど、ここが住み心地がいいのはね」

「うん」

「あなたがいないからなのよ。ひとっかけらもあなたのことを思い出さないからなのよ。わかった？　わかったら二度と電話してこないでちょうだい」

梨恵子は激しく受話器を叩《たた》きつけた。

万巻《ばんかん》の書に囲まれて、老学徒のように透明な気分でいたところに、なまぐさい風が吹き込んできたような気がした。一瞬にして不快になってしまった。

「仕方がない。もう一回、身を清めるか」

浴槽の湯に、いつもより多めの香料を入れ、梨恵子はその日三度目の風呂につかった。

今回の香料は、梨恵子が「大森林」と名づけたブレンドである。新鮮な杉の切り口のような香りが浴室一杯にひろがる。梨恵子はその香りを大きく胸一杯に吸い込んだ。

途端に大きくむせて咳込《せきこ》んでしまった。

「なによ、これ」

すがすがしい若杉の香りの中に、とんでもない別の匂いが混じっていたのである。

「いやな匂い……。そうか。下のお店の」

それはどうやら「豚骨スープ」の匂いらしかった。下の九州ラーメン屋が、明日の分のスープの仕込みをしているのだろう。梨恵子の頭の中に、いつか見たラーメン屋の厨房《ちゆうぼう》の光景が浮かんだ。

ばかでかいずんどう鍋。それこそドラム缶ほどもある巨大な鍋の中に、鶏の骨や巨大な豚の脚の骨、丸ごとの頭などが放り込まれ、激しく煮えたぎっている。香り付けと甘味を出すために、丸ごとの玉ネギやキャベツ、ニンニクなどが大量に入れられる。それらは鍋の中のカオスをめぐって、上に行ったり下に行ったり、激しく回転し、何時間か後には白濁したドロドロのスープになるのだ。

食べ盛りの若者などには、この匂いはむしろ「うまそうな」、よだれの出そうな香りに違いない。ただ、長年にわたって菜食を続けてきた梨恵子にとっては、嗅いだだけでも血が濁りそうな、吐き気を催す悪臭であった。

「そういえば、あのお店ってのは一階の一番端っこにあった。この部屋も二階の端っこ。この二〇一号室は、あのラーメン屋の真上にあるんだわ。風向きか何かのせいで、今日はこっちに排気がのぼってきたんだ」

梨恵子はあわててバスタオルをまとうと、浴室の外に出た。おかしなことに、部屋の中の方がまだ悪臭は薄かった。通風孔の配置や窓の位置、風向きなどの複雑な関係でそういうことになるのだろうか。

いずれにしても、梨恵子の手には負えない。

ラーメン屋に行って、スープを作るな、と無茶なことも言えない。

気流の流れを考えて、何らかの工事をほどこすしかない。しかし、そうなると、たった今、激しく拒絶したばかりの泉に電話して泣きを入れるしかないではないか。そんなことは死んでもいやだった。

頭をかかえている梨恵子の耳に、聞き覚えのある音が聞こえてきた。

〝シャーッ〟

というシャワーの音。一秒くらいの間を置いて、切れぎれに聞こえてくる。バスルームの方から。

「ふうん。そりゃ、やっかいですね」

与島《よしま》は腕を組んで、困ったような笑い顔を見せた。

「そうなんです。香りのデザインを依頼されているお得意先に話すようなことじゃないんですけれど。与島部長ならお風呂のプロだから」

与島は、梨恵子に今の浴剤開発プロジェクトを依頼している大手メーカーの部長である。もともとは浴槽などの技術開発のセクションにいた人間だ。梨恵子は、泉にだけは死んでも頼めない相談を、思い余ってこの与島のところへ持ってきたのだった。

「それで、その匂いとか変な音ってのは、毎日毎日あるんですか」

「ええ。その日以来、段々ひどくなってくるみたいなんです。〝シャーッ〟っていう音だけのときもあるし、いやな匂いだけのときもあるし。両方重なるときもあります。だいたい夜中の一時から明け方にかけてですね」

「うーん、なるほどなあ。一度そのマンションの配管図なんかをよく見てみないとわからないんだが。マンションっていうとみんな、コンクリートでびしっと詰まってると思うんだろうけど、案外そうでもないんですよねえ。壁なんかは中空になっててダクトが通ってるからね。天井も床下も壁も、実は隙間だらけなんですよ。一階に飲食店があると、上の方の階までゴキブリが出てくるでしょ。あれを見ても隙間だらけだってことがわかるでしよ」

「ええ」

「ことに我々〝水回り〟って呼んでる部分。台所、トイレ、バスルームね。この周囲は配管だらけですから。上へのぼる匂いのようなものがもれてくるのは仕方ないかもしれないですね。ただ、その〝シャーッ〟っていう音ってのは気になるな。防火用のスプリンクラーの関係にヒビでもはいってるんなら、火事のときに危ないですしね」

「火事のときに……」

「大きな火事のときはね、火ってのはその壁とか天井の内側の空間を伝って燃えていくんですよ。だから、部屋の中が燃えてなくっても、消防隊員が床をはがすと、床下も壁の中も火の海だったりする。たいていは寝煙草《ねたばこ》とか天ぷら油が出火の原因ですが、風呂の空焚《からだ》きによる出火ってのもけっこう多い。風呂とか台所周辺の防火設備に異常があって、変な音がしてるんなら、ちょっと問題ですよ」

「ええ」

「そうだ。これを見てごらんなさい」

与島は背後の書棚から、分厚いファイルを取り出して梨恵子に渡した。ファイルの表紙には、「浴室周辺の事故ファイル、一九八五〜一九九〇」というタイトルがあった。

「これは？」

「要するに、お風呂でおこった、いろいろな事故ですな。うちも浴槽や浴室設計のメーカーですから、こういう事故は逐一ファイルしてあります。お爺《じい》ちゃんがタイルですべって打ち所が悪くて亡くなった、とか、マンションのボイラーに欠陥があって大惨事になったとかね。そこからメーカーとしての留意点や、新システムのアイデアが出てくることもある」

「へえ。プロなんですねえ」

梨恵子は、パラパラとそのファイルをめくって見ていたが、ある頁《ページ》まできてピタリと指先が止まった。目は開かれたその頁に釘付《くぎづ》けになり、顔色は見る見るうちに蒼白《そうはく》になった。

「どうしました」

与島がそのファイルをのぞき込む。

「昨年の暮れのファイルですね」

梨恵子の視線の先には、十行ほどの小さな記事が切り抜かれてファイルされていた。

「〝独り暮らしの女性、マンションの浴室で自殺〟か。この記事がどうかしたんですか」

「悪かったと思ってるよ」

泉は、二〇一号室のソファに坐《すわ》り、膝の上で両手を組んでうなだれていた。

「たしかにあいつは、伴井美智子はこの部屋に住んでいた。そして風呂場で自殺したのさ。俺への当てつけにね」

「そんな部屋によく私を入れてくれたわね」

梨恵子は怒りのためにかえって低くなった声でつぶやいた。

「死人が出た部屋だってんで、どうにも借り手がつかなかった。そこへ君からの依頼だ。俺はあの頃のことを思い出したよ。そして残忍な気持ちになった。この野郎、俺をこっぴどく振ったくせに、いけしゃあしゃあと、ってね。それで思いついたんだ。美智子の死んだ部屋に、君を放り込んでやろうと思ったんだ。何にも知らずに暮らすがいいやってね。知らぬが仏とはこのことだって……。一年たったら教えてやるつもりでいたんだ」

「ひどい人……」

「悪いことはできないもんだな。君の方から先に気づくなんてな」

「とにかく、明日、このマンションは出ますからね。しばらく親元へでも帰って別のマンションを探すわ。泉さんに頼んだのがまちがいだった。バカだったわ」

「すまない。ただ、今さらこんなことを言うのも何だけどさ。気味の悪いのはそりゃ認めるけどね。知らないうちは、住み心地よかっただろ、ここ」

「いいことなんかあるもんですか。シャーッ、シャーッってしょっちゅう変な音はするし。下のラーメン屋の豚骨の匂いはぷんぷんするし」

「ラーメン屋の？　最初の頃は、だろ？」

「いいえ、昨日もぷんぷん匂ってきたわよ」

「昨日も？」

泉は不思議そうな顔をした。

「そんなはずはない」

「どうしてよ」

「見なかったのかい。下の店に〝貸店舗〟って出てたろ。あのラーメン屋は、はやらなくて、もう三週間も前に店たたんで出てったんだよ」

「じゃ、どうしてあんな……」

言いかけて、梨恵子は息を呑《の》んだ。さっきまでふてくされていたような泉の顔から、血の気が失《う》せてまっ白になっていた。背をまっすぐに伸ばし、組んだ手を置いた膝ががくがく震えている。

「どうしたのよ、泉さん」

「美智子はな、新しい女ができた俺への当てつけに死んだんだ。第一発見者は俺だった。その……君が見たっていう新聞記事には、詳しいことは何も書いてなかったのかい」

「ええ」

「俺がこの部屋にはいってきたとき、美智子の姿は見えなかったんだ。シャワーの音がするから、バスルームをのぞいてみた。そしたら……」

「…………」

「それはシャワーの音じゃなかったんだ」

「…………」

「美智子は、浴槽の中で湯につかったまま、左の手首を切ってた。手は浴槽の外へたれていた。俺がシャワーの音だと思った〝シャーッ〟っていう音は……血の音だったんだ」

「………」

「俺はそれで動転してしまって、とにかく一度自分の家へ帰ったんだ。酒を飲んで、気を鎮めてから、警察に電話した。二回目にマンションへ着いたのは二時間後くらいだった。俺はあわててたんで、気がつかなかったんだ。美智子は、湯を焚きっ放しのまんまの状態で手首を切ったんだよ。沸かしたままで二時間も放っておかれたんだ。二回目に部屋にはいったときには………匂いが……」

「やめて」

梨恵子はそのままトイレに走り込み、激しく胃の中のものを吐いた。もう吐くものがなくなっても嘔吐《おうと》は続いた。

ようやく立ち上がって水を流す。

水の音はいつまでも止《や》まなかった。

トイレの水はもう流れていないのに水音は続いていた。〝シャーッ〟という音が、隣りのバスルームから。続いてあの匂いが……。

バスルームの扉が開く音がした。

ゆっくりした足音がバスルームからリビングの方へ移動していく。

泉の、笑っているようにも聞こえる悲鳴が聞こえた。

直後、あのいやな匂いがスッと消え、かわりに鮮烈な血の匂いがただよってきた。

梨恵子は不思議に冷静な気持ちだった。そしてトイレの中でつぶやいた。

「孤独の嫌いな女もいるんだわ。死ぬのさえ独りじゃ我慢できない、そんな女もいるんだわ」

Night of Galateia

耳飢え

引っ越しセンターの作業員たちが帰って、部屋は一度にシンとなった。

俺は積み上げられた段ボール箱の中から、目当ての箱を引っ張り出し、カッターでいましめをといた。このパッケージの中には、灰皿とコップ類、トイレットペーパーにバスタオルがはいっている。引っ越しの終わった夜に必ずいるものと言えばこのくらいだ。

俺は煙草《たばこ》に火を点《つ》けると、新しい部屋を見渡した。四畳半の洋室キッチンに六畳の和室、バス、トイレ。何の変哲もない小ぶりのマンションだ。西陽《にしび》が少し強い。その点では前のマンションの方がよかった。しかし、住み心地はたいした問題ではない。俺にとっては、「家を移る」という、そのことだけが重要なのだ。

バスルームにタオルをかけ、シャワーを出す。思った通り赤錆《あかさび》まじりの茶色い湯が流れ出た。しばらく流しっ放しにしておく。台所の水も同じく開栓状態にして流しておく。

引っ越し慣れていない頃は、裸の体にいきなり茶色いシャワーをあびて仰天したりしたものだ。荷造りの手順にしても、灰皿ひとつを探すのに全部の荷物を開けねばならなかったり、なにかとロスが多かった。

さすがに引っ越しも十八回目になると、段取りもプロなみになってくる。

この八年間で十八回引っ越しをした。長いところで一年、短いところでは三ヶ月。まさしく尻のあったまるひまもないほどのペースで、都内を転々としている。仕事仲間は俺のことを「いま北斎《ほくさい》」と呼んでいる。北斎は引っ越し魔でも有名な絵師だが、転々としたのは債鬼《さいき》に追われてのこともあったと聞く。が、俺は別にサラ金に追われて逃げまくっているわけではない。金にはそれほど困っていない。第一、金に困っていたら、引っ越しのたびに敷金を積んでいくような不経済なことができるわけがない。

引っ越しをするには俺なりの理由がある。

俺は開封した段ボールの中から愛用のガラスコップを取り出した。薄いガラスで、底の広い、オンザロック用のウィスキー・グラスである。

さて、さっそくだが始めることにしよう。

俺は和室六畳の、床の間とは反対側の壁に貼りつくように寄りそって、壁にグラスをひたりと当て、その底に耳を押しつけた。

とたんに、隣りの部屋でつけているテレビの音が、鮮明に耳の中に響いてきた。

「盗聴」が趣味になったのは、女房と離婚して独り暮らしを始めるようになってからのことだ。下落合《しもおちあい》にワンルームマンションを新たに借りて俺はやもめ暮らしを始めた。その檻《おり》のような部屋の中に垂れ籠めて、俺は一日中鬱々とした気分で仕事をやっつけていた。

俺の仕事は、かっこよく言えば「放送作家」ということになるが、身もふたもない言い方をすれば「クイズ屋」である。テレビ局からの発注を受けて、何本かのクイズ番組の問題を作っている。単純に、クイズ、ヒント、解答といったものをセットにして原稿に起こす場合もあれば、それにかなり大部の補足資料を付けることもある。あるいは海外へ取材班が実際に撮影に行くようなケースでは、旅行のスケジュールから撮影ポイントの指定と、旅行代理店まがいの企画作業になる。かと言って、俺自身がそのクルーにまじって外国見物をするなんてことはまず絶対にない。要するに俺はしがない下請けライターなのだ。エベレストだろうが南極だろうがガラパゴスだろうが、すべては机の上で資料に囲まれての孤独な空想旅行である。

テレビ局の仕事のほかには、ラジオ、雑誌の情報ネタを提供している。生活情報や一口メモのたぐい。たとえば、

「大根を煮るときには米をひとつかみ入れると、なぜかおいしくなります」

といった雑情報。雑誌、新聞の場合は、欄外の豆知識、空きスペース用の囲み記事。クロスワードなどのパズルを作ることもある。

俺の仕事は、豆粒のように散乱する雑情報を選《よ》り分けて体裁をととのえて提出する、そういう、人のいやがる根気仕事なのだ。

知識の対象は歴史、科学から料理、家事、迷信、儀礼、セックス、動植物学、それこそこの世の森羅万象何でもござれだ。ただ、そこから生まれる雑情報は、垂れ流されては泡つぶのように消えていく消耗品である。身すぎ世すぎのためとはいえ空《むな》しいかぎりだ。

学者の先生と同じように、マンションの床が抜けるくらいの万巻《ばんかん》の書に囲まれて仕事をしているが、四十に手が届こうという俺にとっては胸を張れる仕事ではない。口をついて出るのはため息ばかりである。

昔は日に一度はテレビ局に行って、ディレクター相手にベンチャラのひとつも言っていたのだが、最近は人に会うのもおっくうになってきた。原稿も部屋からファックスで送る。資料は郵送する。

さいわいにも十何年かこうした仕事を続けてきた実績と、最近のクイズ番組ばやりのおかげで注文が減ることはない。わざわざ出かけなくても、電話でどんどん仕事がはいってくる。仕事の増えたぶんは、昔のネタをまた引っ張り出してきて使っている。どうせ「消えもの」だ。まちがった情報を提供しているわけでもないから、誰も文句は言わない。

他人に会わない閉塞した日常の中で、いつの間にか俺のただひとつの楽しみになったのが「盗聴」だった。

きっかけは八年前に借りた、その下落合のマンションである。

俺の部屋は三階の一番端っこで、右隣りには三十前後のサラリーマンが一人で住んでいた。この男の部屋には、週末になると若いガールフレンドが遊びにくるようで、土、日には壁越しに若い華やいだ笑い声が聞こえたりした。

ところがある日、いつもの笑い声のかわりに激しいののしり合いが聞こえてきたのである。

女のヒステリックな声は段々にトーンを上げていって、ついには裏返ったような絶叫調になり、皿の割れる音がそれに加わった。

仕事に退屈していた俺は、思わず壁に耳をすり寄せて聞き耳をたてた。それまでは女のかん高い声しか聞こえなかったのだが、壁に耳を当てると、男のうろたえたような低いつぶやき声も聞こえるようになった。ただ、何を言っているのかは判然としない。

俺はとっさの思いつきで、台所にあったガラスコップを壁に当て、その底に耳を押しつけてみた。すると、まるで壁に穴があいて、そこからじかに耳を突き出しているかのように、すべての音がクリアになったのだった。

女と男の声はもちろんのこと、つけっ放しになっているテレビから流れるニュースの声、椅子のきしむ音、風呂に湯をためているらしき水音、床にパタリとスリッパの落ちた音、さらにかすかにヴェランダで洗濯機のまわっている音。それらすべてが、コップの底を伝わって、生々しく耳にはいってくるのだった。男の声も今度は明瞭に聞き取れる。

「なんでそんな言い方するんや。俺は昨日の話をしとるんやないか。そんな何年も前のこと言い出して、話がむちゃくちゃやないか」

今までまったく気がつかなかったのだが、男は関西出の人間らしかった。普段もれ聞こえてくる声や、たまに会釈をかわすときのあいさつなどは完璧な標準語だったのでわからなかったのだ。おそらく、男は女との口論で興奮したために、つい地の言葉が出てしまったのだろう。

「どっちがむちゃくちゃなのよっ。あんた、いっつも理屈ばっかり。その理屈だって、結局逃げのための理屈じゃない」

女のほうはヒステリーがややおさまりかけているようで、半分涙声になっている。痴話喧嘩《ちわげんか》は延々とそれから四十分ほど続いた。俺はその間中、不思議な興奮に包まれてそれを聴き続けたのである。退屈はまったく感じなかった。

途中から盗聴を始めたので、何が原因でこういう口論になったのかはよくわからない。それにこの喧嘩には、男と女の共通の知人である「イサム」という人物が深くからんでいるらしく、構図は簡単には読み取れないのだ。

それでも俺には十分スリリングだったのである。他人の私生活を盗み聴きしているという、その罪悪感がスパイスになってスリルを呼んだのだろう。そしてもうひとつには、これが「現実」だということがある。テレビやラジオの情報提供でメシを食っている俺にとって、ドラマでない現実の男女の罵声や泣き声は不思議な吸引力を持っていた。聞かれることを前提としていない、私室の中での会話。それがわけがわからないほど、論理的につじつまが合っていなくて読解不能であればあるほど、奇妙なリアリティがそこに感じられた。

この興奮は性的なものではないのだが、しいて一番近い感覚をあげるならば「わいせつ感」に酷似していた。性的な要素はどこにもないのに、うずくようなときめきがある。

よく女性がスーパーで万引きをすることに性的な興奮を覚えるという話を聞く。盗聴行為の孕《はら》んでいるわいせつ感は、もしかするとその万引きの興奮と同質のものなのかもしれない。

事実、その初めての盗聴の際に奇妙な現象が起こった。

隣りの部屋のいさかいはとうにピークを越えて、ぐずぐずとくすぶり続けていたのだが、最終的には男が根負けしたらしく、しきりに謝り始めた。なだめるように、あやすように詫《わ》びるその口調に、段々と甘い調子が加わってきて、どうやらセックスが始まったようだった。すねたようにあらがう女の声にまじって、衣服のこすれる音、ベッドのきしむ音が聞こえた。

ベッドのきしみはすぐに一定のリズムを保つようになり、男の激しい息づかいも伝わってきた。

女のもらす声は、赤ん坊が眠る前にぐずっているようなしゃがれた調子になり、やがて高まって、本物の赤ん坊の泣き声そっくりになった。

ところが、この大一番が始まったとたんに俺の中で興奮がすっと醒《さ》めてきたのである。人のセックスを盗み聴きしている自分を客観的に眺める意識が湧き始めたのだ。とたんにすべてが馬鹿馬鹿しく思えてきた。自己卑下の感覚というのとも少しちがう。つまり、隣室で起こっているのはもはや「ただのセックス」であって、それ以上のものでもそれ以下でもなかった。ときめきを呼び起こすような謎はその律動の中のどこにもなかった。女のあえぐ声も男の息づかいも、ただの役割演技、ポルノ映画のぶざまなイミテイションのように思えて、コップの中の音は急速にリアリティを失っていった。

俺はシラけきって、コップを壁から離し、また仕事にもどったのだった。これが俺の初めての盗聴体験である。


引っ越しの次の日は休日だった。マンションの裏手にある空地から、子供たちの遊ぶかん高い声がして、そのうるささで目が醒めた。

昼前から半日がかりで荷物を整理した。

食事もとらずに荷物と格闘し続けたので、夕方にはひどい空腹感に襲われた。近くのスーパーの周囲に何軒かの食堂がある。そのうちの一軒で食事をすませた後、マーケットで簡単な手土産《てみやげ》をふたつ買った。

帰ってから、両隣りの住人に引っ越しのあいさつに行くつもりなのだ。

昨今ではマンションに転入してもそういうことをする人間は少ないらしい。俺も何度か引っ越しのあいさつに行って、逆に奇異の目で見られたことがある。いまの都会でのマンション暮らしは、プライバシー云々《うんぬん》といった人間的な営為ではない。それよりはるかに退《たい》嬰《えい》して一種動物的な「巣」の本能に支配されて我々は閉じ籠っているのだ。マンションの三重ロックの中は、貝殻の内部であり、聖なる胎内でもある。そこに突然引っ越しソバを持った他人が侵入することを、胎児である住人は許さない。マンションにはつまり「横」という空間はないのだ。あるのはドアから垂直に無人の虚空へと伸びていく、「縦」の空間だけである。

俺が隣りの空間に異様なほどの執着を持って盗聴するのは、もしかするとマンションの構造における「横」の空間が、異世界そのものであるからかもしれない。

俺はそうしたマンション族の中でも、ことに自閉した人間だ。それがわざわざ引っ越しのたびにあいさつにまわるのは、何も礼儀にうるさいからではない。後々の盗聴の娯《たの》しみのために、隣りの住人の風貌、部屋の中の特徴的な家具や配置をあらかじめ知っておきたいからだ。

以前、これを怠ったためにひどく悩まされたことがあった。

何度目かの引っ越しの後のことだったが、隣りの部屋から非常に不可解な音がするのだ。「ビシャッ、ビシャッ」という、大きな肉を鉈《なた》で叩《たた》き切っているような音である。この音は隣家の住人が仕事に出て、完全に無人であるはずのときにもよく聞こえてきた。

俺は半月ほどの間、その音の正体に悩まされ続けた。そしてついにある日、意を決してヴェランダ越しに隣りへ移り、留守中の部屋の中を覗《のぞ》いたのだった。

音の正体は一目でわかった。リビングルームの、俺の部屋に面した壁際に大きな水槽が設置されていた。その水槽の中に体長八十センチくらいの巨大なアロワナ（淡水魚の一種）が飼われていたのだ。

そいつは悠然と水槽の中を泳ぎまわり、角でターンするときに尾で水塊をガラス壁に叩きつける。間断なく聞こえてくる〝ビシャッ〟という音は、このアロワナがたてる水音だったのである。

このあっけない解答と、それまで頭を痛めつけた揣摩憶測《しま》の量との落差に思わず俺は苦笑いした。それ以来、引っ越しの際には必ず両隣りの家にあいさつをすることにしている。

厳密に言えば、隣家の住人については、知らなければ知らないほど盗聴の面白さが増す。なぜなら盗聴の喜びの大部分は、「想像力」の上にのっかっているからだ。これは、道で女の子の後ろ姿に見惚《みと》れているときの男の心理状態を考えてもらうといい。わざわざ追い抜いて顔を見てしまったために後悔した、という経験は男なら誰にでもあるはずだ。

盗聴の場合は、その後ろ姿さえ見えないわけで、聴覚だけをたよりに頭の中で像を組み立てていく。この想像空間をよりエキサイトして味わうためには、現実の真相を知ることは最低限に留《とど》めねばならない。想像界のカラフルさに比べると、現実は所詮色あせた現実でしかないからだ。盗聴で俺が味わう身ぶるいするような真実《リアリティ》らしさは、真実《リアル》とは似て非なる感覚なのである。

手土産をぶら下げた俺は、さっそく左右両隣りの住人にあいさつに出向いた。さいわい、どちらも在宅だった。

左隣りは野上《のがみ》という二十代後半の優男《やさおとこ》だ。ちらりと垣間見《かいまみ》た居間には、雑誌類やビデオがうずたかく積まれていた。パソコンやオーディオ機器も立派なものが揃《そろ》えてある。

野上はほとんど聞きとれないくらいの小声でぼそぼそとしゃべる男で、かなり内向型の人間らしい。口のきき方にしても、

「どうも」

「はあ」

といったなまくら返事ばかりで、あまり人と話したことがないらしい。いまはやりの「おたく」の一族なのかもしれない。

俺は失望半分期待半分の気持ちで野上の部屋の玄関を後にした。

こういう内向型の男は（俺もその一人なのだが）、盗聴の対象として見た場合、まったく何の面白みもないか、逆に非常に奇矯《ききょう》な言動でもっておおいに楽しませてくれるか、両極端に分かれるのだ。盗聴の対象は、もちろん精神的歪《ゆが》みの大きい人物であるほど面白い。

さて、次に右隣りの住人。ここには「森恒一郎《もりこういちろう》」という表札がかかっていたにもかかわらず、出てきたのは三十過ぎの女だった。

なかなかの美人なのだが、少しやせ過ぎていて、それが顔の印象をきつくしている。

不審そうな目で見つめられたので、余計にそう感じたのかもしれない。隣りに越してきた旨を伝えて、手土産を出すと、女の態度は氷が溶けるように柔らかいものになった。

声は深みのある優しいトーンで、きつそうな外見に似ず、話し方は快活で温かだった。

俺はこの短い応対の間に、この女に好感を抱いた。

多くを語らず、手短にあいさつだけをすませて俺は部屋へ引き上げた。

女の一人住まいで、用心のために男名前の表札をかかげるのは、都会ではよくあることだ。常識と言っていいかもしれない。

さっきの訪問の際に俺は例によって女の部屋の様子に目を走らせたが、男がいっしょに住んでいる気配はまったく感じられなかった。

事実、昨日の夜、一時間ほどこの女の部屋を壁越しに盗聴したわけだが、人の話し声はなく、聞こえるのはテレビの音ばかりだった。疲れていたのもあって、昨日は早めに眠ってしまったのだ。つまり、本格的に「聴く」のは、今夜からだということになる。

俺は部屋にもどって軽くシャワーをあびた後、ウィスキーと氷、つまみ、グラスふたつを用意した。グラスのひとつはウィスキーを注ぐため、もうひとつは言うまでもなく耳に当てるためのものである。

胡坐《あぐら》をかいてすわり、女の部屋に面した壁に体の片側を密着させる。壁にグラスを当てて耳を寄せる。心臓の鼓動が少しだけ速くなる。

いつものことだが、引っ越して、初めての相手の盗聴をする瞬間の胸のときめきは何とも言えない。このときめきが俺を十八回も引っ越しさせた原動力なのだ。

俺は目をつむって神経を耳に集中させた。

テレビで誰かがしゃべっている。

いや、テレビではない。ノイズのない澄んだ声、なま身の人間の声だ。さっきのあの女がしゃべっているのだ。電話をしているのだろうか。ちがう。受話器に向かった話し方ではない。

俺は首をかしげた。

彼女は誰に向かって話しかけているのか。

思えばこれがその後の血も凍る体験の始まりだった。

壁越しの女の声はやさし気で、とてもリラックスしているように聞こえた。俺は壁に当てたガラスコップの中の、そのおだやかな響きに注意を集中する。

「じゃ、これはわかる？　いやだ、これも覚えてないの？　島のてっぺんのところに展望台があったじゃない。あそこで撮ったのよ。瀬戸内海の小島がきれいにバックにおさまるように撮ってくれってコーイチローが言うから、記念碑の土台の上にあたしが登ってけっこう苦労したのよね、このとき。そしたらさ、足もとが平らじゃないからグラグラするじゃない？　それで、背景はバッチリ撮れたのに、コーイチローの首から上がとんじゃったのよ。〝心霊写真だ〟って言って大笑いしたじゃない。思い出した？　ふふ。でもこの展望台から帰るときって、ずいぶん恐《こわ》かったのよ。グニャグニャのカーブで急な坂だったじゃない。あたしあの頃、免許取り立てだったしさ、その上、車がレンタカーで慣れてないじゃない。もう背中なんか冷や汗でグッショリだったんだから。そうよ。コーイチローは一見平気そうな顔してたけど、カーブごとにギュッと足がブレーキ踏んでたもの。ないブレーキ踏んでたもの。そんなに恐いなら代わってくれりゃいいのに、変に強情なのよね。あなた、平気なふりしてタバコくわえたけど、目がまっすぐ前ばっかり見てるもんだから、車のライターのかわりにラジオのスイッチひっこ抜いちゃったじゃない。それで一生懸命火をつけようとして、〝つかない〟って、そりゃつかないわよお。あたし、もう、おかしいやら恐いやらで……。え？　そうよ。この後よ、台風が来たの。あれって心細かったわね。次の日になっても帰りの船が出ないし。もう一泊したら、ほんとに一文無しになっちゃうしさ。お金なかったもんね、あの頃……」

俺は、聞いているうちに混乱してきた。

女のしゃべりかけている相手の声は俺にはまったく聞こえない。そのくせ、相手が応答しているらしき短い「間《ま》」が、女のしゃべり声の合い間合い間に空白を作っている。

これはやはり、女が電話で話しているのだとしか考えようがない。が、それにしては話の内容がおかしいではないか。女は、明らかにアルバムか何かを眺めつつ、目の前にいる話し相手にその中のスナップ写真を見せて思い出話にふけっているのだ。

俺は壁からコップを離し、氷が溶けて薄くなってしまったオンザロックを一口すすった。

長い年月盗聴を続けてきたが、これはかなり奇妙なケースの中にはいるだろう。

都合十八回の引っ越しで、ほぼ四十人近い隣人の私生活を盗聴してきた。何の変哲もない隣人に当たった場合は、がっかりしてすぐにまた引っ越す。そのうちにコツが呑《の》み込めてきて、あらかじめ大家に、両隣りにどういう人物が住んでいるのかを聞き出すようになった。

盗聴の対象として面白いのは、二、三十代で独り暮らしの女、もしくは男。同棲《どうせい》中のカップル。逆に聞きがいのないのは子供のいる家庭や老人の独り暮らし、浪人中のハイティーンなどだ。

こうした選《え》り好みは、一見そこにセックスがからんでいるせいであるように見えるかもしれないが、そうではない。前にも言ったように、セックスシーンの盗聴というのは俺にとってはあまり面白いものではない。よっぽど「変わった」性生活であれば別だが。

それよりもむしろ、二、三十代の住人には人間の持っている生々しさ、愚かしさ、ぎざぎざした愛や憎しみの匂いがある。枯れきってしまった老人や、若すぎる人間には、そうした一種の腐敗臭のようなものが感じられないのだ。

あらかじめ見当をつけて引っ越しするようになったおかげで、ずいぶん面白い隣人にも行き当たった。

たとえば四十前の暴力団組員が隣人だったことがある。このヤクザは女と同棲しているのだが、盗聴の対象としては抜群に面白かった。

このヤクザは、でっぷりと下腹の出た中背の人物だが、顔つきはまさに絵に描いたようなヤクザ顔だった。道で会ったらブルドッグでも避けて通りそうな、凶悪なご面相である。ところが、盗聴してみてわかったのだが、この男はひどく小心者の上に、マザコン気味で、同棲している女に対してはことあるごとに、子供のように甘えたりすねたりするのであった。

男はいつも女にくどくどと「職場」での不満を訴えた。「おやっさん」が自分の兄貴分ばかりをえこひいきすることや、「若いもん」が自分を陰で笑っているらしいことなど、際限なく愚痴をこぼす。女はそれを母親のように優しく聞いてやるのだった。

男の部屋にはときおり「若いもん」が出入りしていたが、そのときには男の態度は一八〇度転換して横柄になる。その豹変《ひょうへん》ぶりがおかしくて、俺はこまめに盗み聴いたものだった。

あるいは、アル中の母親とシャブ中の息子の同居などという、かなりすさまじい隣人に当たったこともあった。

中年男のホモカップル、というのにも一度行き当たったことがある。

いずれにしても、最初の盗聴ではこうした人々の関係や実態というものはなかなかわからない。何度も何度も盗聴を重ね、会話の断片や日々の小さな「事件」を素材にして、そこから推理を組み立てていくのである。この得体の知れない人間模様のパズルを解いていくプロセスが、俺にとっては一番の娯《たの》しみなのだ。現実はときとして我々の想像力をはるかに超えた奇妙さを孕んでいる。「社会的人間」を演じている間は、人はお互いに理解可能だが、いったん個室の中にはいってペルソナを脱ぎ捨てたときの人間は、まさに「ぬえ」のような怪物である。それはどんなに平凡な人間であっても例外はない。人間は一人一人、無表情のペルソナの裏に言語化できないような混沌《こんとん》を抱いているのだ。

盗聴はそうした不可解な内宇宙を俺に垣間見させてくれる。

聞こえてくる音や言葉の断片から、この「グチャグチャになったジグソーパズル」を透視する。それが俺の喜びだ。そんな奇妙さにひかれるのは、俺の職業の反動かもしれない。クイズ作家である俺は、答えが厳然としてある謎や、明快にほどいていける因果律のからみのようなものに飽き飽きしているのかもしれない。

それにしても、過去に出会った隣人たちの奇妙さに比べても、この隣りの女の言動はトップクラスの不可解さだと言える。

俺はウィスキーを飲みながら、推理をし始めた。謎を謎のままに引き受けるのが盗聴の真骨頂だとすれば、こうして真相を類推してしまう俺は、まだまだ「青い」盗聴者なのかもしれない。

まず第一に頭に浮かんだのは「テレビ電話」のようなイメージだった。ヘッドフォンで相手の声を聞きながら、女は画面の中の相手に向かって写真アルバムをさし示している。

論理的にはこれが一番納得のいく説明なのだろう。ただ、俺は一九九〇年の現時点で、マンション住まいの普通の女の部屋に「テレビ電話」があるなどと考えることはできない。

この考えを笑い飛ばした後で考えられることは、女が「狂っている」のではないか、ということだった。この考えは俺の背筋をゾッとさせた。ありうることかもしれない。女は自分の妄想の中の、いもしない相手に向かって延々と語りかけているのではないか。

都会の隔絶された部屋の中で、そんな狂気が誰にも気づかれずに育っていくことは十分に考えられる。独り言が多くなると気をつけろ、と冷やかし半分に知人から言われたことを俺は思い出した。

あるいは老人ぼけになった爺《じい》さんが、テレビのアナウンサーに向かっていちいち返事をする、というような話を聞いたこともある。

隣りの女は、すでに幻想と現実の敷居を越えてしまっているのかもしれない。

あるいは、実際にその部屋には、女だけに見える亡霊が居ついているのではないか。

俺はオカルティストではないが、別に幽霊がこの世にいても少しもおかしくはない、と思っている。いても不思議ではないし、いなかったところで別に困るわけでもない。神秘に対してはニュートラルな考え方でいたいと俺は思っている。

前に、隣りのアロワナがたてる「ビシャッ」という怪音に悩まされたときにも、まず頭に浮かんできたのはそれが「ラップ現象」ではないか、ということだった。そういう妄想に悩まされている時間は、ある意味では現実を知るよりもエキサイティングだとは言える。現実はただの魚がたてる水音だったわけで、これは知ってしまうと面白くもおかしくもない。

ところで、ここにきて三つ目の考えが浮かんできた。かなり突飛な考えかもしれないが、女の職業が「役者」である可能性がある。

台本を手に、声を出して自分のセリフを練習しているのであれば、すべて説明がつく。いまのこの小劇場ブームだ。マンションの隣りに無名の女優がいたって、何の不思議もない。

「狂っている」か「役者」であるか。かなりどちらも変わった考え方ではあるが、俺はこの二つに自分の推理をしぼった。

真相を究明するための手を俺は考え始めた。


このマンションの一階には、ズラリと並んで郵便受けがある。

俺は次の日の午前中に、隣りの部屋あてに来ていた郵便物を一つ失敬することにした。隣りを訪問するきっかけを作ったのである。

夕方の来るのを待って、俺は隣室のチャイムを押した。ドアチェーン越しに、女の白い顔がのぞく。

「はい？」

「あ、森さん、これ、おたくあての封筒ですよね。うちのボックスにはいってたもんですから」

「あらまあ、わざわざすみません」

女はチェーンをはずして扉をあけた。

「気がついてよかったですよ。もう少しで封をあけてしまうところだったんで。宛名を見たら〝森美奈子《みなこ》さま〟になってたもんですから」

「どうもごていねいに、ありがとうございます」

女は快活なさっぱりとした口調で礼を言った。この女に対する、前に感じたと同じような好意を俺は覚えた。このたおやかな美人が狂っているとは、俺にはどうしても思えなかった。

俺はさり気なく本題にはいった。

「あの。失礼なことをお聞きするんですが」

「はい？」

「奥さん、ひょっとして舞台関係のお仕事をされてませんか？」

「舞台関係？　私がですか？」

「ええ。ちがってたらごめんなさい。初めてお会いしたときに何か見覚えがあって。たしかどこかの劇団かなんかの舞台でお見かけしたように思ったんですが……」

「あら、いやだわ。人違いですわよ。こんなおばさんがお芝居なんかできるわけないでしょう」

「そうですか？　じゃ、人違いですね。おきれいなんで見まちがえたか」

俺は一世一代の明るさでもって、慣れないお世辞を使った。これは下手《へた》なぶんだけ効果があったようで、女はたちまち紅潮して困ったような顔になった。

「あらあら、どうしましょう。そんなこと誰にも言われたことがないもんだから」

「嘘《うそ》でしょう。ご主人にもですか？」

「主人？」

女の顔にあいまいな笑いが浮かんだ。

「ええ。表札のこの〝森恒一郎〟って、ご主人じゃないんですか？」

女の表情が少し硬くなった。

「ええ、そうなんですけれど……」

女はどことなく困ったような顔で俺の目を見た。

「あの、うちの人にはまだお会いになってらっしゃいませんわよね？」

「はい、まだ……」

「じゃ、よかったわ。よく誤解されるんですよ、コーイチローは。お会いになって彼が黙ってても気になさらないでね。その、口が不自由なものですから」

「口が？」

「ええ。気のいい人なんですよ、ほんとは」

部屋に帰った俺は、またウィスキーをなめながら苦笑いした。

「幽霊の正体見たり……か」

真相究明はあっけない結果に終わってしまった。役者説も狂人説も、亡霊まで登場させた俺のファンタジーも、単純な現実の前で風船のようにしぼんでしまった。

口の不自由な夫と三十女の、仲のいい夫婦。

壁一枚むこうのそんな明快な現実が、盗聴のガラスコップの中では奇怪な謎に姿を変えてふくらんだのだった。

しかし、このへんの虚実の皮膜のようなあやうさが盗聴の魅力だとも言える。

今回のように、奇怪な謎が平凡な現実に逆転することもあるし、その逆の場合もある。どう考えても劇的に見えない人たちが、その生活の中に解読不能の不条理を抱いていたりする場合もある。

むしろ、今回のように事態が最初からエキセントリックな様相を呈している場合、過剰な期待は禁物だったのだ。百も承知していながら、ついつい想像力を非日常の中に育てていってしまった。劇的でないものほど劇的である、という真理に到達するためには、盗聴者としての俺はまだまだ場数を踏まねばならないようだ。

さて、今夜からは左隣りの住人、野上といったか。あの男をしばらく探ってみることにしようか。

そう考えながらウィスキーをなめていると、急に空腹を覚えた。それもそのはずで、興奮状態にあった俺は、今日は何もまだ腹に入れていないのだった。

冷凍庫の中のものですませようか、とも考えたが、外の空気も吸いたい。散歩をかねて、スーパーのあたりの店で食事をとることにした。

部屋から出ると、もうすでに日は暮れ落ちかけていた。血のような深く濃い夕焼け空だ。

公園の中をぶらぶら歩いてスーパーのある一画に着いた頃には、もう空はまっ暗で、鎌のように鋭くやせた月が昇っていた。

小汚い中華レストランで、俺はたっぷり生ビールを飲み、肉炒《にくいた》めとチャーハンをがつがつと詰め込んだ。

すきっ腹に流し込んだウィスキーとビールの酔いが一度にまわって、マンションに帰りついた頃にはけっこういいご機嫌になっていた。

マンションの手前の信号で赤信号にひっかかり、少し待たされる。

俺はひまつぶしに、自分の住んでいる部屋がどのあたりになるのかを目で追ってみた。この位置からだと、俺のマンションを裏側から眺める按配《あんばい》になる。つまり、玄関口と反対のヴェランダ側から見ることになるのだ。

俺の部屋は三階の左端から二番目になる。裏から見ているから、向かって左端が例の女の家。右隣りが野上の所だ。

俺の部屋のヴェランダからは煌々《こうこう》と灯《あか》りがもれていた。電気を消し忘れてきたらしい。部屋からこぼれる光は、両隣りのヴェランダをも照らし出している。例の女の部屋のヴェランダには干し物が出しっ放しにしてあった。下着類がけっこう色っぽい感じにはためいている。変態が見たら、さぞや盗みたくなるにちがいないブラジャーやパンティ。

笑いを宿した視線でそれらを眺めているうちに、俺の胸の奥の方から何か、冷たくて暗いモヤのようなものが湧き出してきた。

俺はもう一度、目をこらしてその下着群を端っこから順々に見ていった。暗いモヤのようなものは、いまやはっきりとした、冷たい感触をともなって背筋を通り抜けた。

「男ものの下着が一枚もない」


俺は部屋に帰るとすぐにコップを取り出し、壁に当てた。

女の声が聞こえてきた。

この前の優しい調子ではなくて、今日の声には、どこかしら怨みがましいトゲのようなものがあった。

「そんなこと言っても、いまさらあたしにどうしろって言うのよ。これでも考えて考えて、考え抜いてこうなったんだから、仕方がないじゃないの。コーイチローは私をかいかぶってたのよ。ふつうの女じゃないみたいに思ってたんでしょう。何でも許してくれる仏さまみたいな人間だと思ってたんでしょう。私はね……ただ……ただ、ずっと我慢してた。それだけなのよ。それにつけこんで。……何よ、〝つけこんで〟っていう言い方が気にくわないの？　なら謝ってもいい。謝ってもいいけど、コーイチローももっと私のことをわかってくれるべきだったのよ。そうじゃない？」

俺はそっとヴェランダのガラス戸をあけるとそこから隣りのヴェランダへ飛び移った。

女の側のヴェランダでは下着がはためいていた。それをひっかけないように、腰を低くしてそっと進む。ヴェランダに面したガラス戸は半分開いていた。

キッチンの床にペタリとすわっている女の後ろ姿が見える。

「そんなこと言ったたって……」

女の声は涙声になって、語尾が湿ってふるえていた。

「だから、どうにもならないことを言わないでって言ってるでしょう？　どうにかするべきだったのはコーイチローよ。あの女が私に会いに来る前にどうにかするべきだったのよ。ちがう？」

キッチンには、女のほかに人影はなかった。

女はフロアにすわって、壁に向かって話しかけていた。

その壁には、大型の冷蔵庫がピッタリ寄せられていた。

女はその冷蔵庫に向かって話しかけていたのである。そして、冷蔵庫の上部三分の一ほどを占めている冷凍庫の扉が半ば開かれていた。

そこから白いモヤが流れ出していた。

そのモヤの奥に、スイカくらいの大きさの卵型の物体がゴロンと横になって置かれていた。

遠目にもその卵型の物体の、凍りついた紫色の唇や、霜で固まったまぶたなどが見てとれた。

女はなおもそれに向かってしゃべりかけている。

俺の手から、盗聴用のガラスコップがすべり落ち、ヴェランダの床で冷たく大きな音をたてて割れた。

女は急に声を止めた。

そして、ゆっくりと俺の方へと振り返った。

Night of Galateia

健脚行——43号線の怪

「ほら、里志《さとし》。このあたりからなんだよ。外側の二車線を見てごらん。変だろう?」

「〝自転車専用道路〟って書いてあるだけじゃない。どこが変なの」

「その〝自転車専用〟の下に時間指定が書いてあるだろう。〝10：00PMより6：00AMまで〟って。つまり、この二車線は、ま夜中の間だけ〝自転車専用〟になるわけじゃないか。いったい、そんな時間に誰が自転車に乗って国道を走るんだ」

国道43号線は、大阪から神戸《こうべ》を経てさらに西の方まで通じる海沿いの道である。上を高速道路が走っていて、そのガードの下を走ることになる。信号のほとんどない広大な国道で、片側四車線から六車線はある。京阪神《けいはんしん》の陸送機関の動脈の役をになっているのだろう、走る車は圧倒的にトラックが多い。

私は、レーサーになるのを諦めてからは、むしろのんびりと車を転がすことを好むようになった。だからいつもは騒々しい43号線を避けて、並行して走っている国道2号線の方を通る。こちらは古くからある国道で、片側二、三車線。中央に路面電車のレールが残っているような、おっとりした雰囲気の街道である。

たまに時間を急ぐときには43号線を使うが、通るたびに不思議に思うのがこの「自転車専用道路」の表示だった。甲子園《こうしえん》あたりから西宮《にしのみや》を経て芦屋《あしや》に届くまでの区間、外側の二車線にこの規定が白い塗料で太々と示されている。

夜中の十時から明け方の六時まで。そんなま夜中に自転車専用規制を設けて、いったい何の役に立つのか、それが不可解だった。

「これは夜中の騒音規制の一種かもしれないな。中央寄りの方へトラックを集めて、近くの民家から少しでも距離をとろうってことじゃないのかな。里志はどう思う」

私は、まだ十四歳の里志に意見を求めた。

的確な答えを里志が用意できるとは思わなかったが、こうして大人扱いして意見を求めてやると、彼はひどく嬉《うれ》しそうな様子を見せるのだ。懸命に考え込むその利発そうな表情が私には好ましく思えた。

ただ、今日の里志はいつもとちがって考え込む様子もなく、どことなく淋《さび》しげな表情ですぐに答えを返してきた。

「このあたりにはね、夜中に自転車で走る人がいるんだよ。けっこうたくさんね」

「夜中に？」

「うん。西宮競輪場があるでしょ？　あれを中心にして、競輪選手の養成所とか、プロの選手の宿舎なんかがあるんだ。養成所に合格する前の、プロ志望の人たちもたくさんいるしね。だから、みんなこの43号線をサーキットにして夜中にトレーニングするんだよ」

「それは初耳だな。そういえばぼくも、レーサー志望の頃は練習場に苦労したもんだ。チームでサーキットを借りてもたいへんな金がかかるからね。金持ちのどら息子がうらやましかったもんだ」

「そうだろうね。自転車は川沿いの公園とか一般道路でもトレーニングできるから、カーレーサーに比べりゃまだましだよね」

「しかし、里志は妙なことを知ってるんだな」

里志の端正な顔が、また少し曇った。私を見返す瞳が、脅《おび》えた鹿のようだ。

「だって、ぼくの兄さんは、競輪選手の卵だったんだもの」

「亡くなった兄さんがかい？」

「うん。御影《みかげ》のぼくんちから、毎日自転車で養成所に通ってた。帰りがけにはもうへとへとに疲れてるくせに、いつもこの43号線の専用道路で、何時間も練習してたみたい」

「じゃ、交通事故で亡くなったっていうのは……」

「うん。夜中にね、居眠り運転の自家用車が、この専用車線に突っ込んできて、はね飛ばされたんだ。西宮と芦屋の間あたりさ。後ろから来たんで、避けようがなかったらしい」

「かわいそうに」

「兄さんははね飛ばされて、道をまたいでる陸橋のとこまでふっ飛んだらしい。その陸橋の橋げたに激突して、そのままつぶれて貼りついてたって」

「はねた車の方はどうなったんだ」

「路肩のガードレールにかすって止まっただけで、運転手は傷ひとつなかったみたい。はねたのは、柳沢《やなぎさわ》さんとおんなじ、この車さ。シトロエンだよ」

「そうなのか。それでときどき里志はこいつを蹴ったりするんだな」

「蹴ったりしてないよ。好きだよ、この車」

「ふ。こいつは油圧式の気むずかしい車だからな。しょっちゅうすねて故障するんだ。乗る方も気を張って、車と話しながら乗らなくちゃ動いてくれない」

「柳沢さんに性格が似てるね」

「ぼくよりはこいつの方がずっと気分屋だな。とにかく居眠り運転するような奴《やつ》に乗れる車じゃない」

「でも、ぼくが乗ってて、まだ一回もエンストするの見たことないよ」

「たぶん、里志はこのシトロエンに気に入られたんだろうよ」

「そうかな。でもぼくは車より自転車の方がいい」

「そうかい。亡くなったお兄さんの影響かな、それは」

「ちっちゃい頃から、兄さんといっしょに自転車で走りまわってたもの。二人で岡山まで行ったこともあるんだ」

「ほう」

　里志の顔が、自転車の話になると、いきいきと輝いてきた。私は、奇妙なことに、里志が夢中になっている自転車に対して、軽い「嫉妬」を覚えていた。

「お兄さんは、結局一度もレースには出られなかったのかい？」

「うん。ライセンスの検定の、ほんの一ヶ月前に死んじゃったからね。でも、もし兄さんがプロの選手になってたら、レースっていうレースは全部ぶっちぎってたよ。天才だったんだ、兄さんは」

「ほう。そうなのか」

「競輪選手ってさ、まず身長が低くないといけないでしょ。それと体重」

「器械にかかる負荷が軽くないといけないからね」

「兄さんは、その点けっこう身長も体重もあったんだよ。でも脚の力がすごかったんだ。だって、四つくらいのときからぼくを自転車の後ろに乗っけたまんま、坂道をのぼったりしてたんだもの。兄さんは、いまのぼくくらいの年には、もうプロになることを決めてたみたい。毎日毎日、何十キロって重しを乗っけた自転車で、回転を落として坂道のぼるトレーニングをしてた。養成所にはいってからの練習量もすごかったもの。兄さんの太腿《ふともも》って、ほんとにぼくの胴くらいの太さだったよ。短パンはいたとこなんか見ると、〝ニッカボッカ〟みたいなんだもの、脚のかっこうが」

「それだけの資質があって、亡くなったんじゃ、無念だったろうな、お兄さんも」

「だいじょうぶ。ぼくが兄さんのしたかったことをして、仇《かたき》を討ってやるもの」

「どういうことだい」

「ぼくはもう決めてるんだ。中学校を出たら、養成所の試験を受けて競輪の選手になるんだ」

「おいおい。ちょっと待てよ。本気かい、里志」

私はいつになく狼狽《ろうばい》して、ブレーキを踏み、シトロエンを43号線の路肩に停《と》めた。

「競輪選手になりたいだって？」

「そうだよ」

「高校へは行かないつもりなのか」

「だって、プロになるのなら、高校出てからトレーニング始めたんじゃ遅すぎるもの」

「お父さんやお母さんは、里志の考えてることを知ってるのかい」

「まだ言ってない。柳沢さんに言ったのが初めてだよ」

「親御さんはきっと反対するぞ。お兄さんがそういう事情で命を落としてるんだから、なおさらだ」

「もし、父さんと母さんが反対したら、柳沢さん、そのときは間にはいって説得してよ」

「ぼくが、か？」

「そうだよ。柳沢さん、昔、レーサー志望だったんでしょ。自分の望むものになれなくて、口惜《くや》しい思いをいっぱいしたんでしょ」

「ああ」

「なら、ぼくのいまの気持ちがわかるでしょう」

「わかりすぎるくらいだ。ただなあ……」

「ただ、なに？」

「〝よし、やってみろ〟と後押しする気には、もうひとつなれない」

「気になることがいくつかある。まず第一に、里志は亡くなったお兄さんのために、意地になってるんじゃないかってことだ。お兄さんはそりゃ無念だったろうが、だからといって君がその志を継がなければいけない理由はない。君の人生は君のものだ。そこのところをよく考えてみた方がいい。第二に、里志にお兄さんと同じ天分があるかどうか、ということだ。プロになれるのはほんのひとにぎりの人間だ。その土俵にさえたどりつけなかった場合のことを考えてみろ。中学を出たとたんに君は敗残者になってしまう。夢を破られてしまうには少し早すぎないか。第三には、プロの世界ってのは理不尽な社会だってことだ。たとえばぼくが目指していたカーレーサーの世界を見てみろ。大金持ちの息子に生まれついて、はなっからお膳立ての整っている奴がいる。それでけっこう素質とか天分もあったりする。ぼくら貧乏人は、同じ環境を用意するために力の大半を使いつくしてしまうんだ。もちろん、練習を積めば技術は確実に向上していく。それでも、百の努力をした者が、一の練習しかしていない天才に負けるのがプロの世界なんだ。理不尽なんだよ。自分の努力だけではどうにもならないことが多すぎる。そんな世界へほんとうに飛び込みたいのか。里志は頭もいいんだから、せめて高校くらいは行って、その間にじっくり考えた方がいいんじゃないのか」

一気にしゃべり終えて里志の顔を見た。彼はほのかな笑みを浮かべて私の目を見返した。

「どうして？」

「柳沢さん、きっとそんなこと言って反対するだろうと思ってた。たぶん父さんも母さんも同じこと言うだろうね」

「世の中のことを少しでも知っている人間なら、みんな同じことを言うよ」

「そういう忠告を聞かなかった人間がプロになるんだね」

「そう。説得されてぐらつくくらいの決心なら、最初からやめといた方がいい」

「ぼくの決心が変わらないなら、柳沢さん、味方になってくれるよね」

「うーん。何とも言えないな。ぼくはとにかく基本的には反対だ。里志にいくらその気があっても、まずプロになることが無理だと思う」

「どうして？」

「君の脚さ」

里志は視線を落として、自分の脚を見た。ジョギングパンツからむき出しになった裸の脚はしなやかに長く伸びている。それは優雅で美しい形を持っていたが、ごつごつした筋肉の瘤《こぶ》はどこにもなく、力強さに欠けていた。

「兄さんは、そんな女の子みたいな細っこい脚じゃなかったろう」

里志はむっとしたようで、頬を紅潮させて反論した。

「兄さんだって、最初はぼくみたいな普通の脚だったさ。そりゃ、少しは太かったけど。養成所のテストを受けるために、本格的なトレーニングを始めてから、一年くらいで、みるみるうちに筋肉をつけたんだ。ぼくもそのつもりだよ。十五になるまでに、いまの倍くらいの太さまで筋肉をつけてやるんだ」

「やれやれ」

私はため息をついた。

「どうしても競輪選手になるつもりなのか」

「どうしてもだよ。だから、父さんたちが反対したら、そのときは柳沢さん、間に立ってよ。ね？」

「しかし、いまでこそこうしてつきあいもあるけど、ぼくなんかもともとただの〝加害者〟なんだからな。もう少しで里志をひき殺すところだった。そんな人間の説得をご両親が聞いてくれるだろうか」

「〝加害者〟？　関係ないよ、そんな前のこと」

「そういえば、あのときも自転車だったな」

「うん、そうだね」

年の離れた兄弟か、叔父《おじ》と甥《おい》っ子のような感覚でつきあっているが、考えてみると私はこの少年を知って、まだ一年もたっていないのだ。

去年の晩秋の頃だった。

その日は昼過ぎから糸のような雨がふり始め、ぼんやり煙った街路を、傘を忘れた人たちが小走りにいきかっていた。

私は神戸の輸入商と陶器の買い付けの打ち合わせをすませ、大阪へとって返すところだった。その日は関西でいう「五十払《ごと》い」の日に当たり、集金にまわる商用車が多く、折からの雨も手伝って道は渋滞していた。こんな日は高速道路も国道も「亀の行進」くらいにしか動かない。私は43号線も2号線も諦めて、山沿いの裏道裏道を縫いつないで走ることにした。

「十二間《じゅうにけん》道路」と呼ばれる、比較的広い県道を走って御影町のあたりまできたときだ。時速六〇キロくらいで走っている私のシトロエンの前方五メートルほどのところに、いきなりビュッと自転車が走り出してきた。十二間道路と垂直に交わっている狭い路地から、その自転車はブレーキもかけずに全速力で飛び出してきたのだ。乗っているのは上品な顔立ちの、まだ中学生らしい少年だった。

私は反射的にブレーキを踏み込んだ。

だが、そのままでは止まり切らずに、少年に激突するのは目に見えていた。

私は次の〇・一秒ほどの間に自分でも後で驚いたほどの大量の思考と状況判断をなしとげたようだ。

まず私は力一杯にサイドブレーキを引いた。それでも少年の手前で車が停止するには至らないはずだ。ハンドルを右にきって対向車線へ乗り入れる手がある。だが、運悪く、ごく近くまでトラックがこちらに向かって来ていた。ハンドルを左へきって、道沿いの民家に体当たりしてでも車を止めることはできる。それなら少なくとも私は少年をはねずにすむ。だが事態はもっと悪かったのだ。少年は路地から出てきて、垂直に道を突っ切ろうとしている。もし私が左へハンドルをきって少年を避け得ても、対向車線からトラックが来ているのだ。私にはねられなくても、少年は巨大なトラックに押しつぶされることになる。重量があるだけに、トラックの運転手がいまからブレーキを踏んでも、とても間に合わないだろう。

「はねてしまおう」

私はそう判断した。まともに自転車の横っ腹に当てず、後部の車輪にひっかけて倒してしまう。そうすればたぶん多少のケガ程度ですむだろう。そうしなければ、少年はトラックにひかれて即死してしまう。

ざっとこれだけの思考と判断を、私はわずか〇・一秒の間になしとげたのだ。いざというときの人間の脳の働きというのは、時間を超越しているかのようだ。

私はハンドルをこころもち左にきって、そのまま進み、自転車の後部車輪にうまく車体を当てた。自転車は半回転した後、大きな音をたてて路上に倒れた。その横をトラックがビュッと通り過ぎていった。

少年は、ぽかんとした顔つきのまま路上に倒れていた。

私は駆け寄ると、まず慎重に少年の体を調べた。右腕と肩をコンクリートで強く打っているが、幸い頭部は打ちつけていないようだった。ただ、腕の骨はどうも折れている気配だ。抱き起こしてやると、少年は初めて痛みに気づいたのか、腕を押さえて顔をしかめた。

「痛むか」

「少し。でもたいしたことはありません。どうもすみませんでした」

「すみませんじゃないだろう。何を考えてるんだ。こんな交通量の多い道にノーブレーキでいきなり飛び出してきて。殺してくれと言ってるようなもんじゃないか」

「ごめんなさい」

「とにかく、病院へ行こう」

「いえ、いいです。病院なんて。たいしたことないですから」

「ばか。いまは強く打ったから麻痺《まひ》して痛まないだけだ。その腕はたぶん折れてるぞ。とにかく病院へ行って、脳波もちゃんと調べるんだ。自転車はここに置いて、車に乗りなさい。名前と電話番号は？　家にぼくが電話しといてあげるから」

「すみません」

　これが里志との出会いだった。

　その日は、里志の亡くなった兄の三周忌に当たる日だったそうだ。少年は、自転車を転がしながら兄のことを考えていて自失してしまったらしい。まったく何も考えずに、ゆるい坂道から勢いをつけて県道に飛び出してしまったという。後々になってから、里志は笑いながらこう言った。

「命日だったしさ。兄さんがぼくのこと呼んでたのかもしれない」

　事故現場から一番近い病院へ里志を運んだ。レントゲン検査の結果、やはり右腕の骨がきれいに折れていた。脳波検査やＣＴスキャンもしてもらったが、頭の中はきれいで心配はない、ということだった。

里志の両親が血相をかえて飛んでくる頃には、少年はもうギプスをつけられて、ベッドに横たわっていた。

里志の母親、池長君子《いけながきみこ》は気のきつい女性らしく、息子の命に別状がないのを確かめるやいなや、いきなり私に嚙《か》みついた。里志は大あわてで母親を制し、事情を説明した。頭の中がまっ白になっていた自分が飛び出したので、非は自分にあること。むしろ、瞬間の判断で私が里志を横転させ、トラックから守ってくれたこと。

君子はそれを聞くと態度を一変させ、耳元までまっ赤になって非礼を詫《わ》びた。

父親はおとなしそうな人物だったが、笑いながら、

「まったく、子供がそそっかしいだけじゃなくて、母親までこれだから。まことにあいすまんことです。しかし、これが動転する気持ちもわかってやってください。なにしろ、この子の兄というのが、やはり自転車に乗っていて、交通事故で亡くなっているもんですから。電話をいただいたとたんに、私たち二人とも、サーッと血の気が引きましたよ。たった一人残った里志が、兄と同じ目にあって死ぬんじゃないかってね」

ほんとうは、そうなる可能性の方が大きかったのだ。普通のドライバーであれば、あの瞬間、ハンドルを左にきって里志を避けていただろう。一瞬のうちにあらゆる可能性を考え、当てて倒して助けるという操作ができたのは、私がレーサー志望で高度な訓練を積んでいたおかげだ。夢破れてレーサーにはなれなかったが、このときだけは私も自分の過去

に感謝したものだ。

里志はその後、一週間ほど入院し、後はギプスをつけたまま通院治療をすることになった。

入院中、私は毎日仕事の帰りには病院に寄り、里志の話し相手になってやった。

里志は少し陰のある少年だったが、その陰は失った兄の思い出が投射しているものであるらしかった。生来の里志は、邪気のない、ほがらかで利口な少年だった。

私と里志はすぐにうちとけて、いい友だちになった。年はひとまわり以上もちがうのだが、独りっ子で育った私には里志が年少の弟のように思えるのだ。それは里志も同じことで、私の中のどこかに失った兄を投影していたのかもしれない。

ギプスがとれて、腕がすっかりなおってからも交流は途絶えずに続いた。

週末にはいつも里志をシトロエンに乗せ、須磨《すま》の海中公園へ釣りに行ったり、神戸で中国料理を食べたりした。

私は里志にマンドリンを教え、系統的なSFの読み方を教え、アウトドアでのノウハウを教えた。

里志はなかなかできのいい生徒だった。

授業の返礼に、私は里志からコンピュータのいじり方を教わった。三十近い身にはこれは遅きに失した感があって、私は覚えの悪いからっきし駄目な生徒だった。

いずれにしても、我々はいい友だちだった。里志は私を通じて大人の芯に確固としてある「子供」を見、私は里志の中に遠い昔に自分が置き去りにしていた無垢《むく》の光を見た。ただ、里志が競輪選手への夢を語った日から、二人の間にはかすかなずれが生じたようだった。

私は最初のうち、それを子供っぽい憧れのようなものだと軽く考えていたが、里志はどうやら本気らしかった。何度もそのことについて話すうちに、彼の中でその思いはどんどん強固なものになっていくようだった。

里志は自転車を買い換え、本格的なトレーニングを始めるようになった。休日も私の誘いに乗ることが少なくなり、一日中河原で自転車をこいでいるらしい。たまに私のシトロエンに乗っても、話題はヒンズースクワットが何回できるようになったとか、脚力の話ばかりだ。一度冗談で、

「そんなに脚力をつけたけりゃ、鉄のゲタでもはいたらどうだ」

と言うと、次の週にはほんとうに鉄ゲタをはいてきた。スポーツ用品屋に売っていたという。

そのうちに、里志は会うたびに不機嫌になっていった。話を聞いてみると、案の定、両親、ことに母親の君子が猛反対していると言う。毎日、夕食時になるとその話が蒸し返され、ついには君子が泣き出すという修羅場になる。優しい性格の里志もさすがに逆上して、いつもぷいと自転車で夜の町に飛び出してしまうらしい。

ここにきて、里志は四面楚歌《しめんそか》になってしまったのだ。唯一のたよりである私も、この件

に関しては里志の味方ではなかった。無慚《むざん》に破れた夢の苦渋をよく知っている私は、里志に同じ思いをさせたくはなかった。

ただひとつの夢が打ち砕かれると人間は自暴自棄になる。私にもそういうささくれだった時期が何年もあった。そこから立ち直るにはかなりの意志の力がいるのだ。立ち直れないまま負け犬意識で一生を過ごす人間もたくさん見てきた。

夢をかなえることのできる人間は、必ず一種狂気に近いものを持っている。叩《たた》いても叩いても息をふきかえして崖から這《は》い上がってくる、ホラー映画の怪物のような執念。それが必要なのだ。私にはそれがなかったし、たぶん里志にはもっと欠けているだろう。

私は里志に、口を酸《す》っぱくしてその話をしたが、こうした反対は少年の意志を逆にますます不動のものにしていくらしかった。私と里志の間を、やがて息苦しい沈黙が支配するようになり、顔を合わせる回数も徐々に間遠《まどお》になっていった。

そしてある日の深夜三時頃、母親の君子からうろたえた声で電話がはいった。里志が夕方、自転車で出かけたまま帰ってこないという。家出でもしたのか、それとも事故にあったのか。警察に届けを出したものかどうか父親といっしょに考えあぐねているらしい。

私は、少し心当たりがあるので、とりあえず二時間待ってくれ、と言って電話を切った。

車庫からシトロエンを出して深更の43号線へ向かう。

私の頭の中にはあの「自転車専用道路」のことがひっかかっていたのだ。里志はあそこでトレーニングをしているのではないか。43号線が近づくにつれて、その思いは私の中で確信めいたものに変わっていった。

43号線に出てしばらくゆっくりとシトロエンを転がす。左右に注意を払って進むが、ときおり大型トラックやタンクローリーが轟音《ごうおん》をとどろかせて追い抜いていくだけで、もちろん自転車などは一台も走っていない。

甲子園のあたりで、例の「専用道路」の表示が見えた。路肩に車を停めて、煙草《たばこ》に火をつける。前方には深々と闇が横たわっているだけで、動くものの気配はない。

私はシートに深くもたれて天井に向かってゆったりと煙を吐いた。バックミラーに私の煙草の火がぽっちりと映っている。

「？」

いや、そうではない。私の煙草の火ではない。オレンジ色のライトがミラーに映っているのだ。それはゆっくりとこちらに向かって近づいてくる。自転車のライトだ。

私はふりかえって後方に目をこらした。

明るいオレンジ色のライトをつけた自転車が、黒い小柄なシルエットを乗せてゆっくり近づいてくる。

それはやがて私の車の横を通り抜け、前方へ向かって進み出した。シトロエンのライトの中にその姿が照らし出される。ヘッドギアをつけて競技用ウエアを着た後ろ姿。

「里志！」

私は車窓から身を乗り出して叫んだ。

自転車の人物がゆっくりとこちらをふり向き、かすかに微笑《ほほえ》んだ。端正な顔立ち。それは見慣れた里志の顔だったが、どこかに違和感がある。何かがちがうのだ。

顔立ちは里志そのものなのだが、あのふっくらとした少年っぽさがない。そげた頬といい、あごの剃《そ》り跡といい、顔全体に締まった大人の男の印象がある。

そして何よりも里志とちがうのは、その人物の短パンから出ている脚だった。ふくらはぎにもりもりとした筋肉がつき、膝はたがで締めつけたようにぎゅっと締まっている。そして太腿は膝の上あたりから瘤のような盛り上がりを見せ、太さはその辺の女の子の胴まわりほどのサイズを持っていた。普通の人間の脚に腕の力瘤を二本分足して皮膚でおおったような太腿だ。里志がいくらトレーニングを積んだといっても、一ヶ月や二ヶ月でこんな怪物のような足になるわけはない。

自転車はいまや、前方の闇の中に消え去ろうとしている。私はあわてて車をスタートさせた。

スピードメーターが、二〇から三〇、四〇と上がっていく。

自転車は、シトロエンの五メートルほど前を進んでいた。私はさらに五〇キロまで加速した。それでも自転車は、ピタッと測ったように五メートル先を進んでいる。向こうも加速しているのだ。

私はさらにスピードをあげた。六〇、七〇、八〇キロまで、それでも差は縮まらない。前方で男のあの太い脚が風車のように回転している。これはどうやら奴の挑戦らしい。

私は信じられない思いで、アクセルを踏み込んだ。シトロエンのメーターは一〇〇キロを示していた。周囲の街灯が飛ぶように後ろへ流れ去っていく。奴はまだ五メートル先にいた。奴は前かがみになって扇風機の羽根のように足を回転させていた。もはやその脚は一枚の円板のように見え、とても脚の形をその中から見分けることはできなかった。

シトロエンはさらに加速する。

メーターは一一〇から一二〇になった。

周囲の光景はもはやさだかでなく、街の灯が流星のように後ろへ後ろへと飛び去っていく。さっき私を追い越したトラックやタンクローリーを「私たち」はあっという間に追い抜いた。私の中でかつてのレーサーの血が逆流した。

私は目をカッと見開いて、奴の背中をにらんでいた。奇妙なことに、男の背中と自転車が、いま、青い光に包まれているのだ。

それは熱を持ったような光ではなく、蛍の尾のような、透明で涼しげな光だった。

シトロエンのメーターは一四〇を示した。

奴はますます前方に身をかがめ、自転車と一体になった砲弾のように走っている。

その全体から発光していた青い透明な光が、一五〇キロをさかいに鮮烈なオレンジ色に変わった。

一六〇、一七〇。

加速するに従って、奴の体から強烈な光の残像が帯を引いて後ろへ放射し始めた。

オレンジ色から赤へ、赤から紫へ。さまざまな光がいまや光のつぶてとなって後方の私の目に飛び込んでくる。エメラルド・グリーン、レモン・イエロー、清冽《せいれつ》な水のような蒼《あお》色《いろ》、黄、朱、藤色。それら透明な光のつぶては一瞬ごとにめまぐるしく色彩を変え、私はフロントガラス全体にカレイドスコープを見ているような幻覚に襲われた。

メーターは二〇〇の数字の前後をぶれて動いている。

いまや奴は白熱した光の塊のように白銀色に輝いて、後方に光の矢を放ちつつ疾走していた。

そして、西宮と芦屋の間のあたり。前方に陸橋が見えてきたところで、奴は一挙に加速した。

奴は白く輝く一本の光の線になって、〝シュンッ〟という音を立てたかと思うと、あっという間にはるか前方で針の先ほどの光の点になり、そして消えた。

気がつくと、私はシトロエンのブレーキをいっぱいに踏み込んだまま、陸橋の下に停車していた。

陸橋の上に小さな人影が動いた。

「柳沢さん……」

里志だ。私は車から降りると、橋の上の里志に向かって呼びかけた。

「里志。いまのを見たかい？」

「いまのって？　柳沢さん、ものすごいスピードで走ってきて、急ブレーキでここに停まったけど……」

「それだけしか見えなかったのか」

「うん」

「ここで何してた」

「ここ、兄さんが死んだ陸橋なんだ。ぼくがプロになれるように、力を貸してくれって、兄さんに祈ってたんだ」

「そうか。里志。君は、きっとトップクラスの選手になれる」

「そう思う？」

「ああ、まちがいない。あの兄さんの弟ならな」

「意見が変わったの、柳沢さん」

「ああ。あの兄さんの弟なら大丈夫。いつか絶対、光より速く走れる」

橋の上で里志が微笑んだ。

Night of Galateia

膝

その男は、私の名刺を手に取ると、先ほどまでの笑みを引っ込めて真剣な面持ちでながめ始めた。私は、いやな予感にとらわれた。

四谷《よつや》のはずれにある小さなバー。夜中というよりは朝に近いような時刻だ。その男とは初対面だったが、隣り合わせのとまり木に腰かけたのがきっかけ。酔ってほぐれて一言二言ことばを交わすうちに、話が合ってうちとけてしまった。また会いましょうや、というので名刺を渡したのだ。

予備知識のない人間は、私の名刺を見るとたいていは吹き出すか、苦労して笑いを噛《か》み殺すかする。この男のようにまじまじと私の名刺を見る人間は少ない。

「梨木保《なしきたもつ》」というのが私の名で、何の変哲もない名前だ。人が笑うのは、名刺の肩書きに対してである。

「人面瘡《じんめんそう》評論家」

が私の肩書きだ。

世の中にはいろんな職業や肩書きがある。飛行機事故があるときだけテレビに引っ張り出される「航空評論家」や「耐乏生活評論家」、「ナイフ評論家」「空間評論家」、ついには「夕陽《ゆうひ》評論家」なんていう人物までいる。横文字になるともっとわけがわからなくなる。「フラワー・コーディネイター」「ブック・アドバイザー」「ソシアル・マーケティング・エコノミカル・コーディネイター」ｅｔｃ．いったい何者で、どういう需要があって食べていけているのやら判然としない人物がごろごろいる。

私の場合、この「人面瘡評論家」なる職業を肩書きにしたのは、早い話が「私は仕事をしたくない」という意思表示である。「人面瘡評論家」なんぞに仕事の注文があるわけがない。自分の考えつく肩書きの中で、一番仕事になりそうもないものを考えたあげく、これにしたのだった。

私は金利生活者である。十年前、私が二十五歳になったときに、それまで管財人の監理下にあった亡父の遺産を相続した。父は高名な梨木財閥の「最後の帝王」と言われた人だったが、壮年にして病に倒れた。一千億余りの遺産は、半分が母に、残りの四分の一ずつが私と兄によって分割された。相続税を払っても私のもとには二百億の金が転がり込んだ。ただし、父の遺言によれば、私がそれを受け取るためには「定職についていること」という条件を満たしていることが必要だった。父は厳しい人だった。子供が財産を食いつぶしつつ遊んで暮らすことを許さなかったのだ。

私の兄は真面目《まじめ》な男で、父の残した会社をいくつか継いで、しゃかりきに働いていたが、私は少年の頃から芸術家気取りの放蕩者《ほうとうもの》だった。父はそういう私を心配して遺言を残したのだろう。その遺言に、どの程度の法的効力があるのかは知らないが、周囲と波風を立てないためにも、私は一応何らかの定職を持たねばならなかった。「人面瘡評論家」。このふざけた肩書きは、血縁関係の者の冷ややかな眼差《まなざ》しに対する、私の精一杯の抵抗でもあったのだ。

私は四谷に家賃が月百万ほどの広い事務所を借り、毎日そのフロアでミニチュアのSLを走らせて遊んでいた。仕事の依頼があるなどとは夢にも思わなかったので、気楽な毎日であった。

ところがある日、事務所を開いて実に十年ぶりに仕事が来たのである。しかもテレビ局からだ。

例の「人面魚《じんめんぎょ》」が話題になったときだった。「人面瘡評論家」の私は、テレビ局に呼ばれて、「人面魚」やら「人面犬《けん》」やらのパネルを前に一席ぶつはめになってしまったのだった。

一過性の人面ブームが終わって、もとの生活にもどろうとしたのだが、テレビの力というのは恐ろしいものだ。その後も思い出したように仕事が来るのだ。たとえば、古い建物の壁などに、人間の顔そっくりのシミが浮き出たりすることがある。そんなときには現地取材をした上で、女性誌に一文を書かされたりする。

あるいは、天井の板の木目が人間の顔にそっくりだとか、木の瘤《こぶ》が死んだじいさんに似ているとか。そのたびに雑誌社から解説を求められる。最近では、フリードキン監督の

「ガーディアン」なるホラー映画の解説をさせられた。映画の一シーンに、森の中の樹《き》の根株のあたりに子供の顔がいくつも浮かび上がっている、というシーンがあったためだ。「人面瘡評論家」はシャレでつけた肩書きだ。とりたてて人面瘡に詳しいわけではない。まさか来るまいと安心していたところに仕事が舞い込み出したものだから、そのたびに多少の資料も繰らねばならない。こっちとしてはいい迷惑だ。

おまけに、つい最近では事務所に人が訪ねてくるようになったのだ。自分の「人面瘡」を見てくれ、という「客」が来始めたのだ。


最初の客が来たのは二ヶ月ほど前のこと。

夕方になって、そろそろ事務所を閉めて飲みにいこうとしていたときだった。高校生くらいの女の子が、ノックもせずにいきなりはいってきた。

「あの、梨木先生ですよね」

「はい、そうですが」

「テレビで見るより若いんですね」

「はあ。……何かご用ですか」

「あの……実は私、人面瘡ができちゃったらしいんです。で、診てもらえないかと思って」

「あなたに、人面瘡ができたんですか？」

「ええ、たぶん。診てもらいたいんだけど、いくらくらいするんでしょうか」

「いくらって……」

「お金いるんでしょ？」

「そうですねえ」

「学割とか利かないんですか」

「いや、その……弱っちゃったな、こりゃ」

「あの、わたし、二千円くらいしか持ってないんですう」

「あ、そうなの。まあ、とりあえず見せてごらんなさいよ」

女の子はそれを聞くと、うれしそうにTシャツをみぞおちのあたりまでまくり上げてお腹《なか》を出し、〝これなんですう〟と言った。私はそのすべすべした腹をじっと見たが、どうもよくわからない。

「どこに人面瘡があるんだい？」

「えー、わかりません？　ほら、これが目で……」

彼女の指さすところを見ると、たしかにへその上部に二ヶ所ほど、大きなホクロがあった。そのふたつのホクロを目にして、おへそを口に見たてると、人間の顔に見えないこともない。

「この右側のホクロって、去年までなかったんです。今年の夏に日焼けしすぎたのかもしんないけど、急にできて。ね、どう見ても人の顔でしょ、これって」

「うーん」

「友だちに言われて初めて気がついたんですけど、何だか気味悪くなっちゃって。ねえ、これってやっぱり人面瘡なんでしょ？」

「うーん」

「なにかの呪いなのかしら」

私は女子高生の顔をもう一度見直した。ふざけているのではないかと思ったからだ。だがそうでもないようだった。口もとは笑っているのだが、目は不安そうにじっと私に注がれているのだ。

「きみね、まあそこにすわりなさい」

「はい」

彼女は素直にソファに腰をおろした。

「あ、もうお腹かくしていいから。Tシャツおろして」

「はい」

「んーと、どう言ったらいいかなあ」

私は頭をぽりぽりかきながら言葉をさがした。

「あのね。まず、人間が〝ものを見る〟ってことから話を始めようか」

「はい」

「たとえば我々はものを見る。目でものを見るわけだよね」

「ええ」

「これはつまり、カメラと同じことで、水晶体っていう目のレンズを通った外界の光線が眼球の中で像を結ぶ。これが視神経を伝わって脳へ伝えられるわけだ。この時点では、映っているものというのは色彩の波長であり、光線の強弱であり、つまりはそういう信号のぐちゃぐちゃに詰まった画像でしかない。それ自体に〝意味〟はない。単なる信号のかたまりなんだ。これはわかるね」

「ええ」

「この信号のかたまりの中から〝意味〟を読みとるのは脳の仕事だ。脳は自分の記憶や類推機能をフル回転して、その画像の中から意味を読みとる。たとえばきみが交差点に立っているとする。視界の下の方で帯のようになっているのは〝道路〟だ。むこうに立っているのは〝信号機〟だ。点《つ》いてるのは〝赤ランプ〟で〝渡るな〟という合図だ。むこうの方に小さい自動車の姿が見えるが、あれは〝小さい自動車〟があるのではなくて、自動車が〝遠くにいる〟から小さく見えるんだ。そういったいろんな意味を画像の中から読みとるわけだ」

「はい」

「つまり、人間の脳というのは、こんがらがった画像の中から一刻も早く〝意味〟を見つけようとする、そういう機能を持っている」

「えらいんですね、脳って」

「えらいと言えばえらいし、普通だと言えば普通だ。だから、たとえば極端な話、我々がいま突然、地球とはまったく別の世界、見たことも聞いたこともないようなぐちゃぐちゃのわけのわからない世界へ放り込まれたとする。それでも我々の脳は、そのわけのわからない世界の中に、何とかして自分の知っているもの、わけのわかるものを見つけようとする。それこそ必死になってね」

「あたし、いやだわ、そんなとこ」

「人間がいろんな光景の中で、まずまっ先に判別しようとするものが何だかわかるかい?」

「さあ。わかんない」

「それはね、〝顔〟だよ。人間の顔。この世に生まれて、まず最初に判別するのは、自分のお母さんの顔だ。お母さんの顔を見ると赤ちゃんはニコニコするけど、他の人の顔を見ると泣き出したりするだろ? そこから始まって、物と人間の区別。動物と人間の区別。人間の中でも敵と味方、好きな人と嫌いな人の区別。目にはいってくる雑多な情報の中から、まず人間の顔を認識するのが一番大事なことになるんだ。この傾向ははいってくるどんな情報に対しても優先的に強く働く。だから、どこにも人間がいない、無人の風景に対しても、人は無意識のうちにそこに人間の顔を見つけ出そうとしてるわけだ」

「はい」

「基本的には、逆三角形の形に黒い点が三つあると、人はそこに人間の顔を認めることになる。たとえそれが木の葉の影だったり、天井の節穴だとしてもだ。〝心霊写真〟だってきみたちが騒いでるのも、たいていはこの〝三つの点〟に過ぎない場合が多い」

「なんだ、そうなんですか」

「そう思って、もう一度自分のお腹を見てごらん」

女子高生は、またTシャツをめくって自分のお腹を見た。

「それが人面瘡だと思うかね?」

「ホクロですよねえ、ただの」

「人面瘡っぽいホクロではあるがね」

「なんだかガッカリしちゃった」

「ほんとの人面瘡ってのはね、そんなかわいらしいもんじゃないんだよ」

「ほんとの人面瘡って、あるんですか、やっぱり」

「あるとも」

もちろんのこと、私はほんとの人面瘡なんて見たことはない。しかし、ここでその存在を否定してしまったのでは、自分の肩書きの意味がなくなってしまう。私は机の中から資料ファイルを取り出した。いつかテレビ局で使ったものだ。

「ほら、この絵を見てごらん」

「わっ、気持ち悪い」

「これはね、江戸時代の文献にのっている絵なんだがね。仙台《せんだい》にいた勘五郎《かんごろう》という商人の股にできた人面瘡だ。目、耳、鼻が全部そろっていて、動脈が動くたびに、人が泣き笑いするような表情をつくった、とある」

「いやだぁ」

「貝原益軒《かいばらえきけん》の書いた〝朝野雑載《ちょうやざっさい》〟という本にも例がのっている。木曾《きそ》の裕福な家の主人が自分の妾《めかけ》を殺してしまった。その夜から主人は熱が出て、股に腫物ができ、殺した妾そっくりの顔になった。髪を乱してにたっと笑うさまは〝すさまじといふもあまり有る〟と書かれている。いくら削り落としても、すぐに盛り上がってきて妾の顔になったそうだよ」

「ふうん。でも、変だわ」

「何がだい」

「だって、股に腫物ができたんでしょ。それが〝髪を乱して〟にたっと笑うってどういうことよ」

「それはつまり……」

「わかった。そのお妾さんって、ちぢれっ毛だったのね」

女子高生は〝あははは〟と笑いながら、ぺこんとおじぎをして帰っていった。金も払わずに。


その後、似たような客が何人か来た。

いずれも若い女の子だったが、本人たちが主張する人面瘡の正体は、ホクロ、ニキビ、切り傷の跡、火傷跡《やけど》などで、どれもいたって品のいい人相の人面だった。なにせ、目と口がかろうじてチョンチョンとついているだけなのである。

酔狂者の私も、その芸のなさにいささかへきえきしていたのだが、先週のこと、とんでもない「人面瘡自慢」に出会ってしまった。

場所は今日と同じバーだった。

やはり隣りのとまり木に腰かけていた初老の男が、私に声をかけてきたのだ。

「失礼ですが、どこかでお会いしてませんかな」

「いえ。たぶんお会いしたことはないと思いますが」

「そうですかな。どうも、どこかでお顔を拝見したような」

「では、たぶん以前に出ていたテレビか雑誌をご覧になったんじゃないですか」

私は男に名刺を渡した。

その初老の男も、今日の男と同じ反応を示した。たいていの人間が吹き出すはずの私の肩書きを見ても笑わず、じっと見つめているのだ。

「ほう、人面瘡の評論家ですか。なるほど、そう言えば以前の人面魚騒ぎのときに、テレビに出てらしたんだ」

「お恥ずかしい話で」

「いや、これはなかなか研究に価するテーマですよ。なるほどなあ、人面瘡か。世の中には似たような人もいるもんですな」

「似たような?」

「いや、私はね、ここ三十年というもの、〝のっぺらぼう〟の研究をしとるもんですから」

「のっぺらぼう?」

「そうです。のっぺらぼうの話というと皆さんご存じなのはたいていあれですね。夜中に道で出会って、命からがら逃げて帰ると、夜鳴きそばの屋台に出会う。いま道でかくかくしかじかの目に遭ったというと、屋台のおやじが、〝そいつはこんな顔でしたかい?〟という」

「ああ、おやじものっぺらぼうだったっていう」

「まあ、そうやって定型化しちまってるんですが、これが深く調べてみると、なかなか面白いもんでね。ひょっとすると人面瘡より面白いかもしれんですよ」

「ほう。のっぺらぼうにもなにか文献的なものがあるんですか」

「ええ、たくさんあります。一般にはのっぺらぼうってのは、つるんとしてて目も鼻も口もないってことになってますよね」

「ええ、人面瘡とは正反対ですよね」

「ところが、口だけはあったという記録が多いのです。たとえば〝宗祇《そうぎ》諸国物語〟には、淡路国《あわじのくに》に、目、鼻、耳なく、大きな口がひとつあるのっぺらぼうがいて、飯は人の五倍食ったという記述があります。〝奇異雑談集《きいぞうだんしゅう》〟に記されているのは、〝夕顔のようにつるりとした顔〟で、目、鼻がなく、頭のてっぺんにカニのような口があったと……」

います」

「ほう」

「頭のてっぺんにですか」

「そう。頭のてっぺんから食事を与えている図版も残っていますが、近くで見るとそのカニのような口が〝いざいざ〟と動いて食物を呑《の》み下《くだ》し、二目と見られぬ光景だったといいます」

「ほう」

私はそのあたりで十分だったのだが、男はますます目を輝かせて熱っぽい口調になった。

「〝新著聞集《しんちよもんじゆう》〟にのっているのっぺらぼうはもっとすごい。これは上総国《かずさのくに》の男ですが、目鼻耳、そして口もなくて、まるでヒョウタンのようだったそうです。息子が頭の上から粥《かゆ》を注いでやると、頭頂から鳥のくちばしがいくつも出て、かすかな鳴き声を発しながら食った、といいます」

「まさかねえ」

「いや、私はそういうことはありうると思ってます。たしかに昔の文献には誇張の激しいものが多い。しかし、それは情報が伝達していくプロセスで、デフォルメされ、おおげさになっていったわけで、基《もと》になった事実は必ずあるのです。むしろ、我々が考えている以上に、昔の文献というものは正確なのかもしれない」

「それはそうかもしれないけれど」

「その証拠に、現代にだって人面瘡やのっぺらぼうは歴然として存在します」

「ほんとですか？」

「その口ぶりでは、あなた、人面瘡評論家でありながら、まだほんものの人面瘡を見たことがないんじゃないですか？」

「まあ、図版くらいなら持ってますが」

「偶然、人間の顔に似た腫物か何かでしょう？　そんなのじゃなくて、ちゃんと人格を持っていて口もきく、ほんものの人面瘡を見たことはないでしょう」

「そんなものが、あるわけはないじゃないですか」

「それでよく評論家がつとまるもんだな。嘘《うそ》でない証拠には、この私がそのほんものの人面瘡の持ち主なんですよ」

「あなたがですか？」

「そうです」

「じゃ、見せてくださいよ」

私は酔いも手伝って、少しつっかかるように言った。男はそれを軽くいなす調子で微笑《ほほえ》んだ。

「どうしても見たいとおっしゃる？」

「ええ、見たいですね」

「よろしい。墓場まで持っていこうと思っていた私だけの秘密だが、そこまでおっしゃるならあなただけにお見せしよう。そのかわり誰にも言わんでくださいよ」

「もちろん。約束します」

「よろしい。じゃあ、見てください」

男はそう言ったまま、何十秒間か、にこにこして私を見つめていた。

「どうしたんですか。早く見せてくださいよ」

「え？　何をですか？」

「何をって、人面瘡ですよ。あなたの人面瘡です」

「なら、もう見てるじゃないか。さっきからずっと」

「え？」

「これですよ」

男は自分の顔を指さした。

「この私の顔。これが人面瘡なんですよ」

私がけげんな顔でいると、男は私の耳元に口を近づけてささやいた。

「実は、私にはもうひとつ秘密がある。私、もともとは、のっぺらぼうだったんです。そののっぺらぼうの上に人面瘡ができちゃいましてね。たいへんに困っておる」

後で聞けば、その初老の紳士は、高名な翻訳家兼作家で、海外のパーティ・ジョーク集などの編集でも有名な人物だった。若造が一本とられても文句の言える相手ではない。

それ以来、私は自分の名刺を見て真面目な顔をする相手に対しては用心することにしている。

　いま、目の前にいる男もその口だった。

　それまでほがらかに笑っていたのが、私の名刺を見るなり、なにか深刻に考え込むような顔つきになったのだ。

「人面瘡評論家か。そういえば、お名前はお聞きしたことがあります。一度ぜひお会いしたかったんだ」

「私にですか？」

「ええ」

「まさかあなたも人面瘡をお持ちだなんておっしゃるんじゃないでしょうな」

「〝あなたも〟？　〝も〟っていうことは、私以外にもこれで悩んでる人間はいるんですか」

「ははは。また、ご冗談を」

「いや、待てよ。私のあれも、大学時代の友人の奴を見たりさわったりしてからできたんだ。ということは、こいつは〝うつる〟んだな。だとすると、どんどん増えていてもおかしくはないわけだ」

「何を言ってるんですか」

「ね、あなたはご存じなんでしょう？　あれが何なのか。どうやって人にうつるのか。どうすればなおるのかも。知っていたら教えてくださいよ」

「あなた、役者かなんかですか。迫真の演技ですなあ。いや、おそれいります」

「とぼけないでくださいよ。私のあれは、膝にできてるんです。私にあれをうつした友人のも膝にあった。みんなそうなんですか？　ね、教えてくださいよ。あれが進行するとどうなるんですか。私の友人は、ある日突然姿を消しちまったんですよ。自殺したのか、それともどこか遠くの人里離れたところで暮らしているのか。あるいは病院に隔離されているのかもしれんな。ね、どうなんです。医学界では何らかの対処をしてるんですか。私はこわくて医者にも行けないんだ」

私は男のしつこい演技に、ややうんざりしてきた。

「わかりました。そんなに言うんなら見せてくださいよ、あなたのその〝あれ〟とやらを」

男はあたりを見まわして、脅《おび》えたように言った。

「こんなところで見せられるわけはないでしょう」

「よし。じゃあ、私の事務所がすぐ近くにある。そこまで来なさいよ」

私は酔って警戒心も薄くなっていたのだろう、男を事務所へ連れていくことにした。男が怪しげな奴《やつ》ではないという保証はなかったが、腕にはいささか自信がある。こわくはなかった。

事務所のソファに男をすわらせると、私はつとめてのんびりした口調で尋ねた。

「何か飲みますか？　ウィスキーかビールくらいならあるが」

「いえ、けっこうです。それより……」

男の目が哀願するように私を刺した。

「そうそう、人面瘡でしたな。さあ、遠慮はいらん、見せてください」

「はい。では失礼して……」

男は、左足のズボンのすそを、膝の上までたくしあげた。膝の部分に包帯が巻かれている。男はせかせかとその包帯をほどいていく。やがて男の膝があらわれた。

膝というより、それは「顔」だった。

膝の上半分の部分が二ヶ所、閉じたまぶたのように盛り上がって、細い切れ目がはいっている。その下部に団子鼻のような盛り上がりがあった。膝の下部に横一文字の大きな切れ目がある。切れ目の上下が肉芽《にくが》のように盛り上がって、紫色の唇の形を成していた。

「これは……」

私は一挙に酔いが退《ひ》くのを感じた。

どう見ても、これは「眠っている人間」の顔そのものだった。この男はひょっとすると、変質者なのではないか。自分で自分の膝にナイフを入れて、こういう顔を造形したとしか考えられない。

私は手を伸ばして、その膝の上の顔の唇あたりをさわってみた。肉質は柔らかく、しかも唾液で濡《ぬ》れたようになっている。

「気をつけてください。最近、ときどき、〝嚙む〟んですよ」

「そんなバカな」

私はわざと乱暴にその唇の中に指先を入れてみた。

「!?」

指先に固いものが当たった。膝蓋骨《しつがいこつ》ではない。何十片かに分かれて並んでいる。明らかにそれは「歯」だった。上と下に分かれて、ずらりと並んでいる。そして、その上下の歯列の奥には人間の口腔《こうくう》のような空洞があった。すると、この男の膝の中は中空になっていることになる。そんな構造でどうして歩けるというのだ。

「あ。あまり乱暴にさわらないでください」

男が言った。

そのとたんに、「奴」は目をさました。

それまで横に引いた糸のような線で結ばれていた両のまぶたが、カッと見開かれた。その目は、白目だけで瞳孔がなかった。それでもなぜか、私にはそいつが怒っていることがよくわかった。

私の指先に激痛が走った。奴が噛みついたのだ。

「あいっつつつつ」

「こらっ、放せっ」

私の絶叫に、男は両手で奴の上あごと下あごをつかみ、ぐいっと上下にこじあけてくれた。私は血のしたたる指先を奴の口から抜いた。

次の瞬間、奴の歯をつかんでいた、男の両手首がガツガツッと音を立てて奴の口の中にくわえ込まれた。

「あつっ、何をするっ」

自分の膝に両手首をくわえられた男は、最敬礼をしたような形に腰を折って悲鳴をあげた。

奴は口の動きをさらに激しくして、蛇が蛙《かえる》を呑むように、男の腕をくわえ込み、肘をバリバリと嚙み砕いた。男の膝はいまや前の四倍ほどの大きさにふくれ上がっていた。足の中ほどに、スイカ大のかたまりがついているようだ。

奴はさらに男の上腕部から肩口まで、骨を嚙み砕きながら呑み込み、次に大口をあけて男の頭部にかぶりついた。奴の口もとから、血が噴水のように放出されている。

「ガリッ」

と音がした。頭蓋骨が嚙み砕かれたのだろう。部屋は、男の絶叫が途絶えて一瞬シンとした。男が絶命しても、奴はまだ生きていた。

奴は男の肩口から胴部をくわえ込むと、ばりばりといい音をさせて喰《く》っていく。腹部が呑み込まれ、尻の双丘が奴の口の中に消えた。弓のようにたわめられた大腿部《だいたいぶ》が次に喰われる。それがすむと奴は残った足首に嚙みつき、すねの骨を円弧状にたわめながら嚙み砕いていった。

そして最後に「膝」がひとつ残った。

奴はその膝も残さずきれいにたいらげ、自らを喰い尽くして、消えた。

部屋には血溜《ちだ》まりだけが残った。
私の膝に、小さな「目」がひとつできたのは、それから三日後のことだった。

Night of Galateia

ピラミッドのヘソ

「おいおい、光彦《みつひこ》くん。もったいぶらずに早く除幕をしてくれんかな。わしに残されとる時間は、君ほど多くはないのでな」

若松一政《わかまつかずまさ》は、極細サイズのロットリングペンでシュッと横に描き引いたような、その細長い目の奥から義理の息子の光彦をにらんだ。

この稀代《きたい》の老実業家の、その冷たい眼差《まなざ》しを受けても、養子の光彦は別に脅《おび》える様子でもない。むしろ嬉々《きき》として、彼方《かなた》を見やっている。そこには高さにして百六、七十メートルはあるだろうか、天幕におおわれた巨大な建造物があった。

「和恵《かずえ》。お前はこの中身が何だか知っておるのかね」

若松一政は、養子の光彦の横で、やはり呆気《あつけ》に取られて天幕を見あげている実子の和恵に声をかけた。和恵は、〝とんでもない〟という風に激しく首を横に振った。

「パパ。あたしは光彦さんのお仕事のことについてはあまり興味がないし、口出しもしたくないのよ。光彦さんが、こんな大きな建物を造るプロジェクトをまかされていたなんて、少しも知らなかった」

若松一政は笑った。一人娘の、そういう無頓着なところ、金持ちの子供に特有のおおらかさが好ましく思われた。

〝こいつをこうして何不自由なく、おおらかに育てるために俺は働いてきたんだ。汚いまねもして、寝覚めの悪い思いもしながらな。それがこんなウラナリみたいな学者野郎に持ってかれちまいやがって〟

若松一政は、チェーンスモーキングを続けながら貧乏ゆすりを始めた。中天の強い陽《ひ》ざしが、その禿頭《とくとう》をカーッと照りつける。暑い。正午に近い、新宿《しんじゅく》新都心。

「和恵。光彦くんにこのプロジェクトをまかせたのは、つまりこういうことなのだよ。お前たちが結婚した去年の春のことだ。私は光彦くんに内々でひとつの申し出をした。私の資産の中に、まあ、言えば鼻クソみたいなもんではあるが、新宿新都心に約五万三千平方メートルの土地がひとつある。これをまるごと光彦くんに進呈するから、煮るなと焼くなと好きなように使ってくれと。光彦くんなりのアイデアで、ここに新宿新都心の、人の流れの中心になるようなものを造ってほしいと。そういう申し出をしたのだよ。金に関してはいくらかけてもかまわん。わしは金は出すが、できあがるまで口は一切出さんと。ま、そういうことで、今日がその光彦くんの制作プロジェクトの結果を拝見する日であると。そういうわけだ。むろん、わしのまわりの重役どもはアワを吹いてこの計画を止めたよ。なんせ、光彦くんは秀才とはいえ、ただの建築工学の一学徒に過ぎんのだからな。むろん、わしだってこれが危険な賭けであることはわかっておる。しかし、いつかは経ねばならん、これは試練なのだ。この若松一政の一人娘であるお前のところへ婿に来た以上、世間は当然のことに光彦くんを若松コンツェルンの二代目当主と見ておる。しかし、わしは若松コンツェルンがここまで巨大化した以上、トップを世襲制で継いでいこうとは必ずしも考えておらん。なんせ、全部で六万人に及ぶ従業員の命運が、その二代目の肩にかかっているのだからな。経営センス、情況判断力のない人間に、親族だからといって、このコンツェルンの全権をゆだねるわけにはいかん。だからな、和恵。これは光彦くんにとっても、わしにとっても、ひとつの試練、最初で最後の資格テストのようなものなのだよ。何を造ったのかは知らんが、光彦くんがみごとなプロジェクトでこの五万三千平方メートルを使い切ってくれたのなら、わしは喜んで彼を二代目当主として認めよう。逆に、とんでもなく凡庸なものを造ってしまったのなら、そのときは和恵、お前には悪いけれども、光彦くんに若松コンツェルンをゆずるわけにはいかない。もちろん、そこそこの肩書きで、お前たちに不自由のないようにはしてやるつもりだがね。

そういうことなんだ。さあ、いつまで私を待たせるんだ。光彦くん、何を造った。早く幕を落として、私に見せてくれ」

巨大な建造物の周囲をおおった白幕が、やがて一斉にパタパタと降ろされた。その中から現われたものを見て、人々は息を呑《の》んだ。

そこに天を突き刺すように立っているのは、高さ百六十メートルほどの巨大な四角錐《しかくすい》であった。

「……これは……」

「はい。ピラミッドです」

光彦は、うっとりとしながら答えた。

「しかも、ただのピラミッドではありません。基底部の各辺の長さが二百三十メートル。底面積五万二千九百平方メートル。頭頂までの高さ約百六十二メートル。底辺の四角形は、寸分の狂いもなく東西南北をさし示しています。つまりこれは、クフ王の大ピラミッドの、高さだけをより理想的なかたちで変えた再現であるわけです」

「クフ王の大ピラミッド。それを新宿新都心に造ってしまったのか、君は」

若松一政は、しばし言葉を失って、その巨大なピラミッドを眺めた。かなり特殊な材質で造られたらしいそのピラミッドは、中天の太陽光を固くはね返して光り輝きながらそびえ立っていた。

「えらいっ！」

若松一政は、膝を叩《たた》いて叫んだ。

「えらいぞ、光彦くん。こいつを造るのに何千億かかったのかは知らんが、君はえらいぞ」

「はい。二千億近くの費用がかかってしまいましたが……」

「かまわん、かまわん。そんなものは、そのうちにノシがついて返ってくる。うむ、これは気にいった。普通に考えると、ビルというものは直方体だ。多少のムダはあっても、基本としては直方体だ。四角錐にするなどと、そんな空間効率の悪いことをする人間は、どこにもおらん。体積で言えば、たしか三分の一くらいになってしまうのだからな。そのぜいたくを君はあえてやった。しかも、ピラミッドが新宿に出現するという、非常に劇的な形でな」

「は。ありがとうございます」

若松一政は、ニコニコしてもう一度その大ピラミッドを眺め渡した。

「で、中はどうなっとるのかね。どういうテナントに絞って集めるつもりだ」

「は？　と、申しますと」

「ビジネスビルにはまさかできんだろう。中央に多目的ホールをもってきて、まわりをブランド指向のテナントで固めるとか、そういうアメニティ指向の腹案で造ったのではないのかね」

光彦は、不思議そうな顔をして若松一政を見返した。

「どうも、お義父《とう》さん。おっしゃる意味がよくわからないのですが……」

「なに？　どういうことだ」

「あのピラミッドの中には、そんな余分な空間というのはないわけでして。ま、厳密に言うと、頂点からの高さ三分の二のところに、人一人はいれるくらいの小さな玄室《げんしつ》というのがありますが。それ以外はすべて強化プラスティックです」

「ん？　と、いうことは、あのピラミッドは全てみっちりと物質が詰まっておるのか」

「はい。だから二千億もかかりましたんで」

「し、しかし、そんなことをしては中にテナントを入れられんではないか」

「テナントを入れるためにあれを造ったわけではありません。中を中空にしておいてはピラミッド・パワーが出ないじゃないですか」

「ピラミッド・パワー？」

「そうです。エジプトのピラミッドの玄室というのは、みんな不思議なことに、頭頂からの高さの、上から三分の二のところに造られている。この地点に、ある種説明のつかないパワーが働いていることに気づいたのは、フランス人のボビーという人でした。彼は大ピラミッドを訪れたときに、中の湿度がたいへん高いにもかかわらず、中に残っていた猫やネズミの死骸が腐らずに、完全にミイラ化していたことに気づいたのです。で、彼はここに何らかの未知のパワーが働いているのではないか、と考えた」

　説明する光彦は、身ぶり手ぶりをまじえて、だんだん興奮状態になってきたようだった。目が異常な輝きを放ち始めた。

「で、ボビーは、ベニヤ板を使って、底辺一メートルのピラミッド模型を造り、中に動物の内臓やハム、卵などを入れ、その状態を観察したのです。その結果、通常の空気の中に放置したものと比べて著しく腐敗の進行が遅いことがわかりました。それどころではありません。このボビーの実験に刺激を受けたフラナガン博士、チェコのカレン・ドバルなどの実験によって、驚くべきことがわかりました。ピラミッドの中に入れておくと、カミソリの刃が鋭くなる。ピラミッドの中にウィスキーやタバコを入れておくと、味がまろやかになる。ピラミッドの中に入れておいた水を使うと、ふけやかゆみが止まり、肌につやが出る、等々です。これらがつまり、ピラミッド・パワーと呼ばれている現象で、これはピラミッドの持つ形が、何らかの電子磁気的波長を集める構造を持っているのではないか、というのが一般的な説明です。が、しかしっ」

光彦は興奮の極に達したようで、若松一政が下を向いて、

「はあ……」

ともらしたため息にも、いっかな気づかないようだった。光彦は用意していたのだろう、送迎バスの中から、大きなホワイトボードを持ってこさせて、それにピラミッドの図を描き始めた。

「さっ。これがピラミッドです。私は、おそらくは世界で初めて、このピラミッド・パワーの秘密を解き明かしたのです。それを説明する前に、ぜひ認識していただかなくてはならないのは、非常に根源的な我々の認識方法のあやまりについてです。たとえば、お義父さん。〝有〟の反対というのは何でしょうか」

若松一政は、苦虫を嚙《か》みつぶしたような顔で、二重あごをふるわせてうめいた。

「〝有〟の反対は〝無〟だ」

「なるほど。和恵、君はどう思う？〝有〟の反対は」

「〝無〟よ。もちろん」

和恵は一刻も早くこの場から逃げ出したいような気配を全身にみなぎらせつつ答えた。

「そうそう。たいていの人は、みんなそういう風に考える。そもそもそこからまちがいが始まっているのです。〝有〟の反対は〝無〟なんかではない。〝反・有〟なのです」

「ふむ。それがどうした」

「電気にもプラスとマイナスがある。磁力にもプラス、マイナスがある。その陰と陽があって、初めてこの世界は均衡を保っているわけです。これは世界の根源的な原理です。つまり、〝有〟ということの反対は、〝反・有〟なのです。〝無〟というのは〝有〟と〝反・有〟が接している臨界面のみにある現象、つまり、＋－＝0ということです。世の中に〝A〟というものがあるとすれば、必ずどこかに〝反・A〟というものがある。この正と負の均衡によって、我々は〝無〟から逃れられているわけです」

「それとピラミッドと、何の関係があるのだ」

「そっ。そこです。図に描いてご説明しましょう」

光彦は、ホワイトボードに描いたピラミッドの図に、もうひとつの図を描き加え始めた。

「つまり、このピラミッドの裏、というか全く別の時空に〝反・ピラミッド〟というものを考えてみるわけです。そうすると、これは正八面体になりますね。完全な形です。立方体や球と同じく、真理を体現した完璧な形です。つまり、〝有〟と〝反・有〟が合わさってひとつの完全をつくっている。このふたつのピラミッドは、お互いがなくては存在し得ないわけです。そして、底辺と底辺が接し合っている、その部分において、〝有＋反・有＝無〟、この〝無〟の面が二次元的にあらわれていると。こう考えると、ピラミッドが

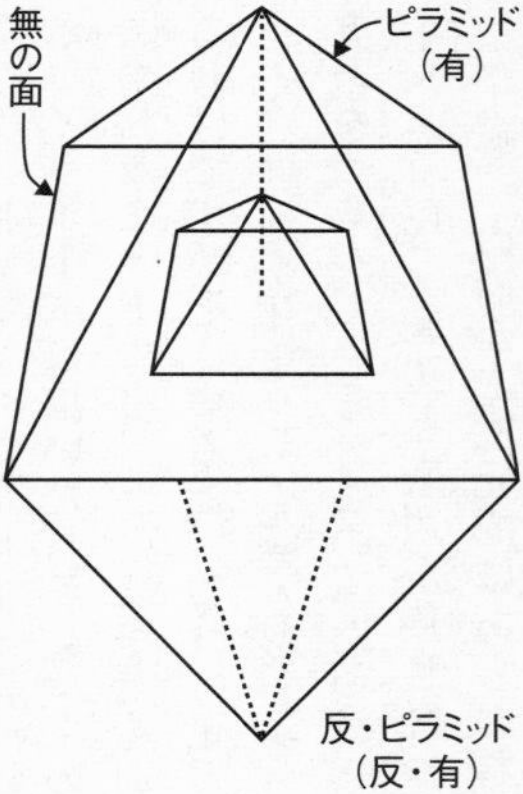

なぜああいう不完全な形をしているのかがよくわかりますね。つまり、ピラミッドは、〝世界〟と〝反世界〟を基底部で結ぶ、受信装置のようなものなのです」

「だから二千億かけて、このピラミッドを造ったのか」

「そうです。ほんとはプラスティックではなくて、セラミックで造りたかったのですがね」

「そうかそうか。いっそ、セラミックで造ればよかったのだ。わしのようなじいさんに気など使わずにな」

若松一政は、ふっと自嘲気味に笑った。しかし、光彦にはどうも皮肉は通用しないようだった。

「は。次に造るときは、ぜひともセラミックで造らせていただきます。ところで、一番問題になっている、ピラミッド・パワーの秘密ですが。なぜその不可思議な力が、この頂点から三分の二の地点にのみ働くのか。その答えは、こうして〝ピラミッド＋反・ピラミッド〟という正八面体を考えたときにのみ、わかるわけです。いわばこの三分の二ポイントは、〝ピラミッドのおヘソ〟になっておるわけでして、ここに力が働くのは当たり前のことなのです」

「ピラミッドのヘソだと？」

若松一政は、思わず身をのり出した。ひどい養子をもらっちまった、という諦念の奥で、さっきから何かチリチリとくすぶり出した感情を、彼は感じていたのだ。

「何なのだ。その〝ピラミッドのヘソ〟というのは」

「はい。つまり、ここにこそ不老不死の、人類の永遠の希求がかくされているのです。クフ王がピラミッドを造ったのは、別に示威行為のためではない」

光彦はいまや別人のように悠然とした態度で、再びホワイトボードに向かった。

「さて、ピラミッドの頂点から基底部へとおろした垂線の、上から三分の二のところにピラミッド・パワーが集中するのはなぜか」

光彦の説明は続く。

「これはこの図のように、〝反・ピラミッド〟とピラミッドを合わせた正八面体の中で考えるとよくわかります。ご覧のように上から三分の二の点がピラミッド・パワー、その反対側の対称点には〝反・ピラミッド・パワー〟の点がある。このふたつの点を頂点にして、ここにもうひとつの相似形の正八面体が描けるわけです。これは大ピラミッドの二十七分の一の体積を持つミニチュアですね。これを横から見るとこういうことになります」

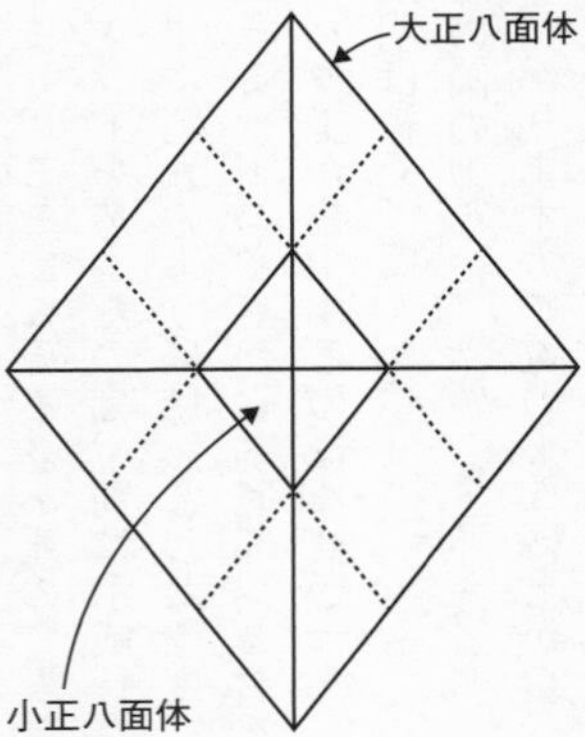

「つまりこの大正八面体は一辺がそれぞれ三分の一ずつの小正八面体二十七個がピッタリと組み合わさってできているわけです。垂線の他のどの点をとっても、たとえば二分の一の点や五分の二の点などをとってもこの関係は成立しません。上から三分の二の地点をポイントにとったときにのみ、この完璧にして美しい関係が生まれるのです」
「それはよくわかるけれど」
妻の和恵が初めて口をはさんだ。
「その二十七分の一ずつの組み合わせというのは無限に続いていくわけでしょう。中心の小正八面体もまた同じように二十七個に分解できるわけだから」

「そのとおりだ、和恵」

　光彦は満足そうにうなずいた。

「この関係は無限に続いていく。正八面体は三の三乗分の一の体積に分解されながら、この八面体の中心点に向かって無限に収れんしていくんだ」

「それはつまりどういうことなの？」

「これはつまり、フォルムの絶対性ということをあらわしている。ピラミッドの一辺は仮に二百三十メートルにしてあるけれど、そのこと自体にあまり意味はない。この二百三十メートルというのは、無限大が三の三乗分の一ずつに縮小されていって、ついには〝無〟に至るまでの連鎖の中の、ほんの一項であるに過ぎない。つまり、このピラミッドが何らかのパワーの受発信機能を持つとしても、そのパワーというのはピラミッドの大きさや長さには関係がない。あくまでこのフォルム、形の完璧さに意味があるんだ」

　若松一政は少しイライラしてきて、つい声を張った。

「もういい。この形が非常に完璧で、美しい比例関係を持っていることは十分にわかった。で、そこにどうして不可思議な力が働くわけなのかね」

「それは、この完全に充足したフォルムの均衡を崩すことによって発生するパワーではないか、と僕は考えています」

「均衡を崩す、とは？」

「クフ王のピラミッドの場合、王のミイラの置かれている玄室がちょうどこの三分の二の点のところにあるわけです。厳密に言うと、この玄室のほかに宝物室、第二玄室、回廊、重力拡散目的の石室など、いくつかの空間がありますが、ピラミッドの体積のほとんどは巨大な質量を持つ石が占めているのです」

「ということは、びっしりと詰まった岩で作られたこのピラミッドの中に、気泡のようにポツンと玄室があるということだな」

「僕が非常に残念なのは、さっきも言ったようにクフ王のピラミッドには不要な空間がありすぎているということですね。ピラミッドはある種天文台的な構造をも持っていたようで、たとえば一年のうちのある一定の日時に北極星が観測できるような角度でうがたれた穴など、神秘的なものがたくさん装備されています。回廊の保つ角度や長さなどにすべて意味が付与されている。ピラミッドの数字を仮に宇宙からの訪問者が解析すれば、この惑星のスケールから天文学的な位相にいたるまで、すべてわかるように作られているのです。いわばピラミッドは王の墓であると同時に地球と太陽系に関するデータバンクの機能も兼ねているのです」

「にわかには信じがたい話だな」

「いえ。ピラミッドの数字は、正確に計測すればするほど、現代の天文学的実測数値に符合してくるのです。この四角錐が構成するさまざまな数字が、地球から月まで、あるいは地球から太陽までの距離の十万分の一、百万分の一のスケールで示されていたりします。

廊下の長さから階段の段数に至るまで、すべてに意味があり、データを示しています。たとえばクフ王のピラミッドの大回廊の長さというのは人類の発生から終末までの年数を示していると言われています。もちろん古代エジプトと現代では度量衡の単位がちがいます。当時の長さの一単位は一キュービッドで、ほぼ一・〇一メートルに相当します。いろんな人がこの回廊の測定をして計算したのですが、その結果、人類滅亡の数字として一番多く割り出されたのが一九九九年という年だったわけです」

「信じられん！」

「おや？　話がずいぶん飛んでしまったようですね。そうそう、僕が言いたかったのは、クフ王のピラミッドはこういうデータバンクの機能をもになっていたために、余分な空間があきすぎている、ということです。これが巨大な質量の中に、王の玄室だけがあいているのであれば、その空間に流れ込むパワーは、もっと強大なものになったはずです。ただそのように不完全な空間設定のために、かなり〝薄められた〟パワーであっても、物が腐らないといったピラミッド・パワーの特性は十分に発揮されていた、ということですね」

「つまり君の考えでは頂点から三分の二のところに開く空間は、小さければ小さいほどいい、ということなのか」

「そうです」

「で、そこに発生するパワーの本質というのはいったい何なのだ」

「それは〝有の本質〟のようなものではないかと思うのです」

「〝有の本質〟？」

「たとえば、水でも電気でも圧力でも、たとえは何でもいいのですが、まあ、水を例にとりましょうか。〝水の低きに流れる〟と言いますが、たとえばボウルの中の水をいくつかに仕切って、その中の一区画だけ水位を低くしておく。すると水はそこへ流れ込もうとする力を常に持ち続けますね。全体が同じ水位になって均衡を保つまでその力は働き続けます」

「ダムなどはその力を利用しているわけだ」

「そうです。同じようなことがこのピラミッドの中でもおこっているのではないか。これは、質量とか重力とか、すでに正体のわかっている力ではなくて、〝有〟と〝反・有〟という未知の要素を想定して考えていただきたい。ただ、その性質としてはこの世のすべての力、磁力や電荷の正・負と同じように、均衡状態に向かって常に働きかけるものだとします。いま、この〝有〟のピラミッドと〝反・有〟のピラミッドは底部の〝無〟の鏡面に対して対称に、非常に安定して完璧な形で均衡しているわけです。この〝有〟なり〝反・有〟なりの力の堆積は、先に述べましたように、ピラミッドの頂点からおろした垂線を通過点にしています。三の三乗分の一ずつの点に、それぞれのピラミッドの頂点があって、それらはすべてこの垂線上にあるわけです。ところが、いまこのピラミッドの第一ポイントともいうべき三分の二の点上に、非常に〝有〟の要素の希薄な空間がポツリと虫喰《むしく》いのようにあいた。〝有が希薄〟だということは、たとえば石に対する空気のような関係だと想像してください。あるいは完全な真空であればもっといいはずです。つまり〝無〟に限りなく近いほどいいわけです。ここでこのピラミッドの均衡というものはおおいに崩れるわけです。もちろん、〝反・有〟の側のピラミッドの均衡も崩れています。〝反・有〟と〝有〟は、均衡を崩しているその〝無に近い点〟へ引きつけられます。ただこの空間に〝反・有〟の気がなだれ込むことはあり得ない。ベクトルとしては引きつけられていても、〝反・有〟は〝無の鏡面〟を通り越して〝有〟の世界へは突入できないのです。かりに理論上不可能なそういう事態がおこるとすると、それはこの世の終わりを意味していると考えられます。つまり一瞬にして〝有〟も〝反・有〟も虚無に転じてしまうわけです。ですから現実には、均衡を取りもどし、〝反・有〟の気をはねのけるために、ピラミッドにあいたその空間には〝有〟の気がなだれ込むはずです。この〝有〟の気がつまりピラミッド・パワーの本質だと思われます」

「しかし、重力や磁力ということなら私にもわかるが、その〝有〟の気というのはいったいどんなものなのだろう」

「それは現在確認されているピラミッド・パワーのもたらす現象から演繹《えんえき》していくより方法がありませんね。クフ王のピラミッドにしてもボビーの作ったベニヤ板のピラミッドにしても、これは非常に不完全なものであって、純粋なピラミッド・パワーに比べれば〝気配〟のようなものでしかないでしょう」

「その〝気配〟のような微少なパワーでも、物の腐敗を防ぎ、カミソリの刃を鋭く復元するというわけだな」

「そうです。おそらくそれは〝存在する〟ということの本質、〝有〟を〝有〟たらしめている〝有〟の波動そのものなのではないでしょうか」

「たとえば、それを人があびればどうなると思うね」

「我々生物存在はその特性として時間の経過とともに老い、死に向かって衰えていくように遺伝子レベルでセッティングされています。これは別の言い方で言えば、おそらく〝有〟のパワーの喪失であろうと」

「なるほどな。〝死〟や〝老い〟と逆のものをもたらすのがピラミッド・パワーだというわけか」

若松一政は、かたわらの車の窓ガラスに映っている、自分の老いた顔をじっと見つめながらつぶやいた。

若松一政が、自らそのピラミッドの中にはいることを言い出すまでに、そう日数はかからなかった。

重役連中や娘の和恵の必死の懇願も、この老社長の酔狂を止めることはできなかった。

若松一政は、全面的に義子光彦のピラミッド論を信じたわけではもちろんない。ただ、心のすみに「もしかしたら」という、むずがゆい期待が首をもたげているのを否定することはできなかった。

また、かりにピラミッドの中で何ごともおこらなくてもそれはそれでよいではないか。バカな男を養子にもらったものだと呵々大笑《かかたいしょう》すればよい。二千億円かけて造られたこのピラミッドが壮大なガラクタであれば、それはもはや取り戻しようのないことだ。ただ、その確認をするのは、つまり史上初の「二千億の酔狂」「二千億の落胆」を味わうのは、出資者である自分でなければならない。これが若松一政の考えだった。

当日の騒ぎはたいへんなものだった。押し寄せた数百人のマスコミ陣、ヤジ馬はガードマンが何とか制止していたが、頭上をブンブン飛びまわるヘリコプターまではどうすることもできなかった。

若松一政はズングリした宇宙服のようなものを光彦に着せられて、いま、ピラミッドのかたわらに立っていた。娘の和恵もそのそばで心配そうにピラミッドを見上げている。

光彦の考案したピラミッド内の造りは、彼の理論によれば、クフ王のピラミッドの持つ構造的不完全を、完璧に排除したものだった。

このピラミッドの三分の二ポイントの部分には上下二メートルほどの正八面体の空間がぽっかりとあいている。

その正八面体にピッタリはめこまれる形のタンクが、いまクレーンの先に装着されている。このタンクの中には、比重の非常に重い液体が満たされている。宇宙服を着、ボンベを背負った若松一政は、いまや何人かのスタッフの手を借りて、そろそろとこのタンクの液体の中に身を沈めているところだ。

タンク上端のハッチがしめられる。タンク底部についたバルブから同じ液体が注入され、やがてタンク内は液体で完全に満たされた。

「ピラミッドのヘソ」までは横に回廊がうがたれており、正八面体のタンクはクレーンを使って、中心部に向かってゆっくりと押し込まれた。

次に横の回廊を強化プラスティックのモジュールでピッタリと元通りにふさぐ。

これでいま若松一政を収容したタンクは、質量のビッシリ詰まった大ピラミッドのヘソの部分にピッタリと埋め込まれていることになる。

光彦は目の前に置かれた機械のスイッチをさすがに緊張した表情でながめた。

「これでいま、タンクはピラミッドの中心におさまっている。液体が詰まっているから、いまは均衡した状態になっている。後はポンプを使って液体を外へ排出するだけだ。タンクの中は真空に近い状態。つまり〝有の均衡〟の破れた状態になる。そこに純粋なピラミッド・パワーが流れ込むんだ。さ、和恵、お前がこのスイッチを押すんだ」

「い、いやよ、私は」

「何を言ってる。これは歴史的な瞬間なんだよ。さ」

光彦は和恵の手をつかむと、自分の手を添えて、ポンプの作動スイッチを静かに押した。

タンク内が真空になるまでに三秒とはかからないはずだった。

二十分後、さっきとは逆の工程をくり返して、ピラミッド内からタンクが取り出された。

光彦は、ふるえる手でタンク上部のハッチを開き、中をのぞき込んだ。

「これは……」

「どうしたの。お父さまは？」

和恵がすがりつく。

「こんなはずは……」

「見せてっ！」

光彦を押しのけて、和恵はタンクの中をのぞき込んだ。中には何もなかった。若松一政は消失していた。

「こんな……。ね、何がこの中で起こったの？　お父さまはどこへ行ってしまったの？　ね、光彦さん、何とか言って」

「考えられることはひとつだけだ。お義父さんは、〝若くなり過ぎた〟んだ。胎児から精子へ、そして〝無〟にもどるまで若返ったんだよ」

「そんな……」

声も出ない和恵の肩に手を置いて、光彦は重い口調で言った。

「和恵。泣くのは後だ。こうなった以上、若松コンツェルンは僕が継ぐよりないんだからね。お前も泣いている余力があるのなら、それより僕に力を貸してくれなきゃ」

光彦は顔を上げ、キラキラと陽光をはね返している大ピラミッドを見あげた。

「それにしても、これだけはまちがいない。お義父さんはその一生にふさわしい、世界一のお墓にはいったんだよ」

Night of Galateia

EIGHT ARMS TO HOLD YOU

「ジョン・レノンの未発表曲？」

ギターをいじっていた族《やから》永作《えいさく》の右腕がぴたりと静止した。まだ震えている六本の弦にてのひらを軽く当て、余韻を殺す。

「冗談だろ？」

族はアンプのスイッチを切って、振り返ると正面からその男を見すえた。

五十歳近いのだろうが、異様に強い眼光を持った男だった。そげた頰とまだらにはげあがった頭部とが、どこか猛禽《もうきん》類じみた印象を与える。

「よた話を聞かせるためにこんなところまで来やしませんよ。私は船酔いする性質《たち》なんだ」

床がゆっくりと傾いた。

族が男と対峙《たいじ》しているのは、族の自慢のクルーザーの船室内だ。五、六人は楽に寝泊まりできる大きさで、作曲用の録音設備も装備されている。日本人のミュージシャンでこんなものを持っているのは族だけだろう。クルーザーの舷側《げんそく》には、目立ちたがり屋の族らしく、「YAKARA」という派手なロゴが描かれていた。

「ジョンの未発表曲があるなんて話は聞いたことがないな。そんなものがあれば、とっくの昔に発表されてるだろう」

「いろんな事情がありましてね。このテープだけが眠ってたんですよ。話せば長くなるんですが」

「ジョンの曲の著作権ってのは、全曲オノ・ヨーコが持っているはずだろう」

「正確に言うと、"COME TOGETHER"以外の全曲ですね」

「ああ。〃カム・トゥゲザー〃はマイケル・ジャクスンが二、三億円だったか出して、著作権を買ったって話だな」

「ビートルズ関連の曲の版権ってのは、いまやピカソの絵画なみの値うちになってるわけでしてね。そのうち投機の対象として日本の商社なんかが狙い出すかもしれんですな」

「で、何なんだい、その未発表曲ってのは」

「これはデモテープのたぐいなんですがね、音質はかなりいい。そのままレコードにできるくらいのものです」

「なんていう曲なんだ」

「タイトルは"EIGHT ARMS TO HOLD YOU"といいます」

「〃エイト・アームズ・トゥ・ホールド・ユー〃？　聞いたことがないな。〃エイト・デイズ・ア・ウィーク〃なら知ってるが。いつ頃の曲なんだ」

「その辺の事情をお話しします。この曲が書かれたのは、六〇年代のちょうど半ばあたりです。ビートルズの最初の映画はご承知のように〃ア・ハード・デイズ・ナイト〃です。この映画はまあ、音楽映画の傑作といっていい。リチャード・レスター監督のアップテンポでポップなセンスが光っていて。以降のミュージック・フィルムのひとつの型を作り上げたといってもいい。この映画があまりによくできていたんで、次の〝ヘルプ〟の評価はぐっと落ちます」

「まあ、駄作だよな、〝ヘルプ〟は。あれじゃプレスリーのB級映画とたいして変わらない」

「〝ヘルプ〟の内容が固まるまでに、企画が出ては流れ出ては流れ、という状態が、一年くらい続いて、もめにもめてた時期があったんですね。で、ついに最終的に固まったのが〝ヘルプ〟だったわけですが、実はその前に、クランクイン決定寸前まで行った企画があったんです。一部マスコミには第二作の決定タイトルとして報道されました。それがこの〝エイト・アームズ……〟なんです」

「なるほど。ビートルズが四人だから、〝君を抱きしめる八本の腕〟か。どうもファンに媚《こ》びたようなタイトルだな」

「企画が流れたのがどういう事情なのかは知りませんがね。あの頃、すでにビートルズのメンバーは、内部でガタが来始めてたんじゃないですかね。ジョージ・ハリスンはその後インドに凝り出すし、ジョンはLSDなんかのマインド・アートに走り始めるでしょう。ポールはあいかわらずコマーシャル路線で。すでにあの〝ヘルプ〟の頃にはブライアン・エプシュタインもメンバーをしっかり仕切ることができなくなっていた。音楽面でのジョージ・マーティンの助言も、だんだん彼等《かれら》は容《い》れなくなって、てんでに実験的な方へ走り始めていた。その萌芽《ほうが》が見え始めたのがたぶん〝ヘルプ〟の頃でしょう。私はそう踏んでる」

「あんたね、そういうご高説は、音楽雑誌か何かに発表したらどうだい。おれはそんなごたくは聞きたかないんだよ」

「おや。これは失礼」

男は別に悪びれた様子もなく、テーブルの上の缶ビールに手をつけてプルリングを引いた。

「いただきますよ」

「ああ。勝手にやってくれ」

「で、そのドタバタしていた頃に、すでに一度は内定していた〝エイト・アームズ……〟のタイトル曲を、ジョンは書いていたわけです。見切り発車で、そうでもしないと間に合わないくらい日程がずれ込んでいたんでしょうな」

「ジョン一人で書いたのかい。ポールはどうしたんだ」

「おそらく、このテープを叩《たた》き台にして、ポールといっしょにアイデアを出し合おうと。そういう段階のテープだと思われます。ただ、楽曲自体は、詞も曲もきちんと完成したレベルにできあがっています」

「ジョンが一人で演奏してるのか」

「演奏の始まる前に、少し会話があるんでわかるんですが、スタジオにいるのはジョンとフィル・スペクターの二人らしい。ジョンがアコースティック・ギターを弾いて、フィルが電気ピアノを弾いてるようです」

「ふむ」

族は自分も缶ビールを開けて、一口飲んだ。喉や口腔《こうくう》がひどく渇いてきたのは、興奮しているせいだった。

フィル・スペクターは、五〇年代六〇年代のヒットメーカーで、〝ビー・マイ・ベイビー〟などの大ヒットをたくさん飛ばしている。彼のディレクトする音は「スペクター・サウンド」と呼ばれて、族も若い頃にはよく聞き込んでいた。

ジョン・レノンもたしかにその時期くらいから尊敬するフィル・スペクターと親交を結んでいる。映画「イマジン」の中でも、自宅のスタジオでフィルと一緒に〝オー・ヨーコ〟を録音するシーンが見られる。このときのジョンはいらいらしていて、フィルに高飛車な態度を取り、ヨーコからたしなめられたりしている。

これはもっと後のことだが、「ヘルプ」が撮られた頃、ポールとの間にすでに隙間風を感じていたジョンが、フィル・スペクターと共にデモテープを作るのは十分に考えられることだ。

この男の話には、妙にリアリティがある。

「しかし、そのテープが、どうして今頃出てきて、しかもあんたの手にあるんだ」

「これが、奇《く》しき縁《えにし》とでもいうんですかね。問題のテープってのは、結局お蔵入りになっちゃったわけです。〝エイト・アームズ……〟の企画がひっくり返って〝ヘルプ〟に変わったんですからね。テープはその後、ビートルズが自分たちで作った会社〝アップル〟の倉庫でずっと眠ってた。一九七〇年にビートルズは解散しますが、アップルには私の知人で、本名はまあ何ですからXということにしときましょうか、Xというスペイン系の男がいて、こいつはエンジニアをしてたんです。私とは古い知り合いで、昔はソーホーあたりでけっこうヤバい橋をいっしょに渡ったりしてた仲ですよ。こいつがビートルズ解散のどさくさにまぎれて、このテープをマザーごとネコババしちゃったんですな」

「誰も気づかなかったのかい」

「そんなテープがあることも、メンバーは知らなかったですからね。ジョン自身も忘れてたし、周囲のゴタゴタでそれどころの騒ぎじゃなかったんでしょう」

「それで？」

「Xはこのテープでひともうけしようと考えてたんでしょう。たぶん海賊版《ブートレッグ》にして売るとかね。ほとぼりの冷めるのを待って……。ところが、このXは一九七三年に変死しちゃったんです」

「変死？」

「ドラッグで頭が変になってたんでしょうな。自分のアパートで、感電自殺とでもいうんでしょうかね。エンジニアで電気系統には強かったから、一種の電気椅子みたいなものを作りましてね。体中の八ヶ所に電極をつけて、時間がくればスイッチがはいるようにしてあった。それでバルビツール剤をしこたま呑《の》んで死んじゃったわけです。第一発見者は私ですよ。見てられないような死に方だったな、あれは。体中に八本のシールドを巻きつけてね。それからですよ、私がどうもこのテープはヤバいんじゃないかと思い始めたのは」

「ヤバいって?」

「だってあなた。曲名が曲名で、Xの奴《やつ》はまるで八匹の蛇にからまれてるみたいだったんですよ。おまけにアパートが八階にあって、部屋のナンバーが八〇八号室だ」

「意外と迷信深いんだな」

「変なとこで意気地がないのは確かだね」

「しかし、そのテープをあんたが持ってるってことは……」

「そりゃ、まっ先にね、私そのテープを探しましたよ。Xから二度ほど、そういうものがあるってのは聞いてましたからね。世の中に出すときには一口乗せてやろうって。うまい話でしたよ。テープはすぐに見つかりましたよ。なんせ、死体の横のカセットレコーダーの中にはいってたもんでね」

「そいつは死ぬ前にそれを聞いてたのか」

「そうみたいですね。それでますます気味悪くなってね。私、何年もそのテープを保管したまま迷ってましたよ。すると、そのうちにジョン・レノンがああやって殺されちゃったでしょう。しかも殺されたのが八〇年で、日が十二月の八日だ。また〝八〟がらみなんですよ。そのテープ持ったまま日本へ帰ってきて、小さな商売やってそこそこもうかって。

まあ、十年間そのテープのことは忘れてたんですよ。それが、どうもここんとこ商売がうまくなくてね。まとまった金をつくらないと店をつぶしてしまう破目になっちゃった」

「しかし、どうして俺のとこへ持ってきたんだ」

「さあ、それをはっきり言っちゃうと、族さん怒るんじゃないですか」

「どういうこった」

「族さん、三年前にアルバム出してから、一枚も出してないですね。その三年前の〝失楽園〟も、私は聞きましたが。音は厚くて格はあるんだが、昔の族さんのようにハッとするようなメロディラインがない」

「言ってくれるね、あんた」

「……曲、書けないいんじゃないんですか？」

族は、煙草《たばこ》に火を点《つ》けると、男に煙を吹きつけた。煙の中の男の顔をにらみつける。

〝殴り飛ばしてやろうか〟

と思ったが、何とか自分を制した。もう昔の突っ張り兄ちゃんではない、ロック界のカリスマなのだ。

怒りに呑まれそうになったのは、男の言ったことが図星だったからでもある。

ここ三年、曲が書けなくなっていた。教祖的存在になって伝説化されればされるほど、それが重圧になっていた。何もプレッシャーのなかった昔のように、生き生きとして奔放なメロディラインが書けない。昔はたったふたつのコードを使うだけでも乗りのいいビートを紡ぎ出せたのだが、ここ五年ほどはやたらに複雑なコードを使うばかりでできるのはどこかぼんやりした印象の曲ばかりだ。デビュー時にはあった、爆発的な怒りや世間に対する殺意も今はない。胸の中の熾火《おきび》を掻《か》き立て掻き立てして綴《つづ》る詞は、妙に説教じみたものになってしまう。

〝何も発表しない方がまだましだ〟

そう思ってこの三年間、印税収入と著作権料、莫大《ばくだい》な財産の金利だけで遊び暮らしてきたのだ。

美女をクルーザーに満載して、釣りやスキューバを楽しんでいる族の姿は、よく週刊誌のグラビアを飾ったが、内心は人のうらやむようなものではなかった。「充電期間」と人が見てくれるのにも限度があった。とにかくシングル一枚でもいいから早く出したい焦りがあった。

「まだ若い頃のジョンの曲か……」

もちろん、そんなテープにしても著作権はジョン・レノンにある。テープ自体をレコード化するわけにも、それを歌うわけにもいかない。ただ、自分の作品だということにして発表してしまえば……。その楽曲があることを知っている人間は、この世にもう何人も残っていないのだ。おそらくはフィル・スペクターがうろ覚えに記憶しているくらいだろう。ジョン自身もXなる男も死んでいる。オノ・ヨーコもおそらくその曲のことは知らないだろう。あとはこの奇妙な「売人」だけだ。

族の心の中でしきりに疼《うず》くものがあった。日本語の歌詞をつけてしまえば、もうやってしまえ。メロディラインだけいただいて、誰にもわからない。この東洋の端っこでたとえ大ヒットしたにしても、それがジョンの幻の作品だと気づく人間がいるわけがない。やってしまえ。心の中で誰かが叫んでいた。

「いくらで売るつもりだ。そいつを」

精一杯の無関心を装って、族は男に尋ねた。

「この線は譲れませんね」

男は右手の指を一本立ててみせた。

「百万か」

「百万？　冗談でしょう。ケタがふたつ違いますよ」

「ケタふたつって。一億で売るってのか」

「そりゃそうでしょう。〝カム・トゥゲザー〟の版権の値段を考えてみて下さいよ」

族は笑い出してしまった。

「それはマイケル・ジャクスンがジョン・レノンの正規の作品の権利を買うからの話だ。仮に俺がシングルでこいつを出して、まかりまちがって百万枚売れたとして、俺のふところにいくらはいると思ってんだ。いいとこ二、三億だ」

「…………」

「それに、その作品がいい曲で、ヒットするって保証がどこにある」

「ジョンが映画のタイトルバックにしようって曲ですよ」

「とにかく聞いてみないことにはわからない。本物のジョンの作品かどうかもな。偽物でない証拠が、本人の声以外にあるかい。初対面のあんたを全面的に信用するわけにはいかないだろうが。聞かせろよ。テープは持ってきてるんだろう?」

「持ってきてはいますよ。しかし全部聞かせるわけにはいかない」

「どうしてだ」

「あんたはミュージシャンだ。一回聞けばメロディを覚えてしまうだろう。その後で駄作だから金は払わないって言われたら私はバカみたいじゃないか」

「それじゃ、お互いににらみ合いじゃないか。よし、こうしよう。とにかく聞かせてくれ。それで、それが本当にジョンの曲で、俺が気にいったら一千万出そう」

「一千万? 族さん、足もとを見なさんなよ。五千万は譲れないよ」

「よし。三千万出そう」

男は舌打ちした。

「仕方ないな。そのかわり、全部は聞かせられないよ」

「まだそんなことを言ってるのか」

男は族の目をじっと見て笑った。

「族さん。この曲はね、少し変わってるんだ」

「変わってる?」

「だいたいロックの曲でもポップスでも、決まった型があるでしょうが。主旋律があってサビがあって。たとえば主旋律をAとしてサビをBとすると、A・A・B・A、間奏があって、またB・Aってな具合に」

「たいていはな」

「この曲はそうじゃないんだ。とても変わった構成になってる」

「………」

「同じメロディが二度と出てこない。言やあ、A・B・C・D・E・Fって風にどんどん新しいメロディが出てくる。それでいて、きちんとロックになっている。ひとつずつのラインがどれもハッとするようなメロディで、しかも後になるほど熱っぽくなっていくんだ」

「ふむ」

「だから最初のツゥ・コーラスだけを聞かせるよ。それで買うかどうか判断してほしい。あんたもプロなら、こいつがどんだけ非凡な傑作か、ツゥ・コーラス聞いただけでわかるはずだ」

「そんな傑作を、ジョンはなぜお蔵入りにしちまったんだ。おかしいじゃないか」

「私の推測だがね」

　男はポケットから古びたカセットを取り出しながら言った。

「ジョンは、この曲をあまり好きじゃなかったんだよ。傑作駄作と好き嫌いは別だからね。この曲には、どこか……気のせいかもしらんが、どこか不吉なところがあるんだ」

男は族の差し出したポータブルデッキにカセットを入れ、プレイスイッチを押した。

族は全身を耳にした。

テープは男二、三人の笑い声から始まっていた。ノイズはまったくなく、スタジオブースでちゃんとしたセッティングで録《と》られたものだ。

最初に聞こえてきたのはジョンの声ではなかった。

「おい、カルロス。この品のない男をスタジオからつまみ出してくれ」

これはフィル・スペクターの声らしい。ジョンが何か品のないジョークを言ったのだろう。

「ぼくは出ていってもいいけれど、ギターは誰が弾くんだい」

まぎれもないジョンの声だった。少し訛《なま》りがあってねっとりとした声だ。

「OK、テイクを録ろう。カルロス、アタックをもう少し上げてくれ」

カルロスというのが例のXなのだろう、と族は判断した。

「ジョン。だいたいの感じはわかった。曲想はクレイジーだけどね」

「ジョン・セバスチャンが似たことをやってる。〝サマー・イン・ザ・シティ〟って曲で、どんどんメロディが変わっていくんだ。でも、こんなに完璧じゃない」

「後でスライドギターを入れとこう」

「ミスター・スペクター。ベースだと思ってピアノを弾いてくれ。コードはプレインにたのむ」

「ＯＫ。じゃ、いこう。〝エイト・アームズ・トゥ・ホールド・ユー〟、テイク・ワン。俺も腕が八本欲しいよ」

フィルのジョークの後、すぐに演奏が始まった。前奏はなく、ジョンの粘るようなヴォーカルから始まる。

♪ One-man army's gonna catch you on the line ♪

出だしはタイトなロックンロールだったが、族はしょっぱなで心をワシづかみにされたような気になった。メロディラインがかなり突飛だ。それに、今までに経験のない奇妙なビート感にあふれているのだ。

歌詞は、〝ワン〟から始まって〝ツゥ〟へ、いわば数え歌のような構成になっているらしかった。〝ワン〟のコーラスが十二小節。〝ツゥ〟へはいったとたんにメロディががらりと変わった。今の言葉で言えば〝ラップ〟に近いようなトーキング・ブルースになっている。

ツゥ・コーラス目が終わって〝スリー〟にはいりかけたところで、男がカセットを止めた。

族はそのために全身が失速したような嫌な感じに襲われた。ジェットコースターが急に止まったような不快感である。

「どうです？」

「もう少し聞かせろよ」

「いや、約束ですから」

「これだけじゃわからない」

「わからんことはないでしょうに。歌はこの後、間奏をはさんで八番まで行くわけです。ラストは〝エイト・アームズ・トゥ……〟のリフレインになります。全部で三分〇一秒です。ま、さしあたり一分一千万円ってことになりますが。高いか安いかはもうわかってらっしゃるでしょう、族さん」

族永作の三年ぶりのシングルCD〝その腕でもう一度〟は、発売と同時にチャートの四位にはいり、二週目にはトップになった。

ファンが彼の新曲に飢えていたこともあったが、何よりも破天荒な構成と、全体にあふれる奇妙なビート感、フレッシュなメロディラインが、族をおじさん呼ばわりして縁のなかったロウティーンまでもとらえて放さなかった。

それまで族を評価しなかった音楽評論家たちもてのひらを返すようにこの曲を絶賛した。

「族永作は、本来なら秀逸なアルバムが一枚作れるだけの素材を、三分間の一曲に凝縮してしまった」

これが某辛口評論家の評価で、それはそのまま広告コピーに流用された。

CDの売り上げは当然記録破りのもので、この記録は少なくとも以降数年は破られないのではないか、と業界は噂《うわさ》した。

絶対にテレビには出ない、と公言していた族が、五年ぶりにブラウン管に登場した。NHKの特別インタビュー番組である。生放送の番組が終わった後、族はグルーピーが詰めかけている表玄関にはダミーを走らせ、自分は局員にガードされて荷物の搬入口から脱出した。

待たせてあった局の送迎車に乗り込む。

族は上機嫌だった。

車の中にはテレビが据えつけてあった。自局のニュース番組が流されている。

「お邪魔でしたら消しますが」

初老の運転手が上品な口調で尋ねる。

「いや。かまわないよ。たまには世間さまの様子も見ないとな」

画面に見覚えのある男の顔が映っていた。

例の男だ。

新宿二丁目にある自分の店で、何者かに刺殺された、とアナウンサーが報じている。店は輸入もののアンティークの店だった。警察の調べでは、男は業績の不調から、海外ルートを通して薬物の輸入密売をしていたらしい。そうした関係で、地元暴力団とのトラブルに巻き込まれたのではないか、というのが当局の見方だった。

画面を見ながら、族は運転手に話しかけた。

「物騒なこったね、運転手さん。街のど真ん中でさあ」

「ええ、にぎやかなところですよね。あんなところでねえ」

「全身八ヶ所、ドスで刺されてたってさ」

「八ヶ所も刺されりゃ、生きちゃおれませんわねえ」

「殺されたのも十二月八日だ。ジョン・レノンと同じ日だよ。〝八〟がついてまわってるんだ」

「はい」

「もう、今の世の中だと、〝すえひろがり〟でめでたいなんてことはないのかねえ」

「ははは。〝八〟って字はすえひろがりだって言いますけど、逆立ちして見りゃ〝先細り〟ですからねえ」

「まあな。こんな裏街道歩いてるような奴ってのは、人生逆立ちして歩いてるようなもんだからな。〝八〟は先細りだよ」

〝金が惜しくてやらせたわけじゃない〟

と族は男の顔を思い浮かべた。

一度味を占めた奴は、何度でもこっちの汁を吸いにくるものだ。族はそうした人間の習性をいやというほど知り抜いていた。なぜなら、チンピラまがいの生活をして少年院を出たりはいったりしていた時期に、自分自身がそういうことをして食ってきたからだ。

さすがに、人を殺したことはない。

今回の処理も、芸能界の裏のコネクションを使って「きれいに」してもらった。そのためにまた一千万近い金がかかったが、以後の面倒を思えば安いものだ。例の男は、やはり自分の店に、ジョン・レノンのテープの四トラック・マザーの複製、およびカセット・ダウンしたものを何本か保管していたらしい。

明け方近くに男の店を急襲したのは、組の子飼いのプロの殺し屋四人だった。全員が二度ずつ男を刺したのか、見張り以外の何人かが殺《や》ったのか。「聞かぬが仏」で族は知らない。いずれにしても、あの男も〝八〟の字にからめ取られるようにして死んでいったことになる。

族はいつの間にか〝八〟という数字におぞましさを覚えている自分に気づくようになった。だからといって、それほど良心に呵責《かしやく》を覚えるわけではない。自分の知らないところで、あまりよく知らない小悪党が殺された。それだけの話だ。

それよりも族は、突然の大ヒットで急増した収入の税金対策で大わらわだった。どうせ税金で持っていかれるなら、この金で自家用飛行機を買おうか、と族は真剣に考えていた。

「おっきなのがいいの。おっきなお魚、とってきてね」

ナンシーがデッキの上から叫んだ。

族はすでにスキューバの全装備を装着し、クルーザーの側部甲板から後ろ向きに海中に落ちたところである。

久しぶりのオフだ。

カリフォルニアの空が、やや二日酔いの目にまぶしい。

甲板から手を振っているナンシーは、日系三世のタレントだ。族にとっては目下のところあまり売れてもいない、手頃な遊び相手である。ハワイで落ち合ってここまでいっしょにきた。クルーザーの方は先にカリフォルニアに運ばせてあった。

族はレギュレイターをくわえると、ナンシーに手を振り返し、三秒後には海中に消えた。「ジャックナイフ」という潜り方だ。水平に浮いた体の上半身をまず直角に水中に向けて曲げる。次に脚を天に向けてピンと立てる。水面に対して直角に立った体は、浮力抵抗が少なくなり、腰に装着したウェイトの重みで、すっと海中に沈んでいく。

族は、海岸から徐々に深みへ進んでいくダイビングよりも、この船からの垂直ダイビングの方を好んだ。もちろん、少しずつ体を慣らしながら、海中に投入したイカリのロープづたいに潜っていくのだが、一挙に二十メートルくらいの海底へ直行できる。深いところは明度は落ちるものの、ブダイやハタなど大物の魚に出会えて面白かった。手にした水中銃を、どいつに向かって放つのかは彼次第だ。魚どもの生殺与奪の権利を握った万能感に族は高揚する。

ロープづたいに海底に降りた後、二十分ほど水底を遊泳した。水深二十五メートルくらいだろうか。

ボンベに残った酸素はあと十分くらいである。一挙に浮上すると急な水圧の変化で肺が破裂するか、命は助かっても潜水病になる。ゆっくりと水深五メートルごとくらいに体を慣らしながら浮上していかねばならない。

それを考えると、もう浮上にかからねばならない時間だった。

普通、スキューバの場合、「バディ・システム」といって必ず二人一組のチームで潜るのだが今日の族は一人である。ナンシーにはこれから少し教えてやろうというところなので、今日は一人で海底の地形確認といったところだ。

「そうだ。夕飯に何かとっていかなきゃ」

カリフォルニアのこのあたりの海底は、潜ってみると、海上の船から釣糸を垂れている人間が阿呆《あほう》に見えるほど、魚影が濃い。

族は、目の前五メートルほどのところを泳いでいるハタを、今日の犠牲にすることにした。

〝こいつは、白身で、噛《か》むと歯がギシギシするような、うまい肉なんだ〟

族は、ハタめがけて水中銃の引金を引いた。とたんに、のんびり者に見えたハタが、意外なスピードで身を翻転させた。

放たれた銛《もり》は、そのままの勢いで、水底に盛り上がった小高い丘の向こうへ消えていった。

〝やれやれ〟

レギュレイターをギュッと噛みながら、族はその丘の向こうへ、銛を回収しに行った。

銛は、サンゴにおおわれた大岩の下あたりのくぼみに突き刺さっていた。

族は、その岩の下の、穴のようになったくぼみに手を入れて、銛の刺さり具合をたしかめようとした。

くぼみの中に手を入れた途端に、手首が何かヒモのようなものでギュッと締めつけられる感触があった。

族はギョッとして、その腕をくぼみから引き抜こうとした。手首にからみついている何本かの腕が見えた。直径二センチくらいの、イボのついた腕だった。

「蛸《たこ》だ」

族は思った。

「けっこう大きい奴だ。これなら二人で食っても余ってしまうぞ。ナンシーは蛸は好きだったかな」

考えながら、族は太腿《ふともも》に装着したシーナイフを探した。海中では、漁船の定置網にひっかかるとか、こうして蛸にからまれるとかのアクシデントがある。シーナイフはこういうときのために必携のものだ。背の側に、ヤスリの役をする丈夫なギザがついていて、刃も鋭い。

そのナイフがなかった。

装着し忘れてきたのだ。

族は血がすっと引いていくのを感じた。

手首を見る。太くてキュッと吸いつく、強じんな四本の腕（足？）が、しっかりと手首に貼りついていた。おそらく残り四本の腕は、くぼみの中のでっぱりにからみついて、絶対に引き抜かれまいと金剛力をふりしぼっているのだろう。

蛸は、八本の腕で、いまや族をこの海底につなぎとめているのだった。

酸素の残り表示は、あと五分を示していた。

族は必死で腕を引き抜こうとした。レギュレイターを外して蛸の腕に噛みつきもした。しかし、それは万力のように族の手首を締めつけ、噛もうがひっかこうがビクともしなかった。

急激に荒くなった呼吸のために、心臓の鼓動が限界ぎりぎりまで速くなっていた。いくら酸素を吸っても楽にならず、激しい耳鳴りがした。

もうろうとしてくる意識の中で、族は、泣き笑いに近い表情で自分を海底にいましめている生物を見続けていた。

「エイト・アームズ・トゥ……か……」

そのつぶやきは、海中で大きな泡となり、ゆっくり上方へ浮上していった。

Night of Galateia

骨喰う調べ

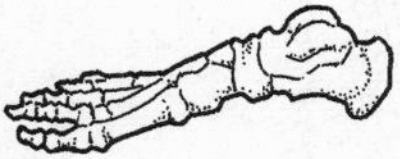

・七月十六日

今日は珍らしいことに一日中霊園事務所にいた。月例の売り上げ会議のために、午前中はここ一ヶ月の墓地の売り上げ報告、来月の見通しなどについての資料作成に費《ついや》した。午後からは事務局長はもちろん、理事長、名義上の運営元である寺の住職まで顔をそろえての会議になる。

まずいことにこういう日に限ってクレームの電話がかかってくるのだ。

三ヶ月前に四聖地を購入したばかりの客から、さっそく苦情の電話が来た。上町《うえまち》という、四十半ばのエリート商社マンだ。うわものの欠損についてである。(筆者註《ちゅう》・霊園業界では、墓地の販売におけるスペース単位を〝一聖地〟と呼ぶ。これは家屋における〝一坪いくら〟というような概念と同じ考え方である。〝一聖地〟は九十センチメートル四方、つまり〇・八一平方メートルに当たる。これが家屋で言うならば土地の単位に当たる。〝うわもの〟とはつまりその上に建てる墓石のことである)

「もしもし?　大久保《おおくぼ》さん?　私、上町です。この前、おたくのお墓を買わせてもらった」

「あ、どうも。大久保でございます。その節はどうもありがとうございました」

「いや、それがどうも妙な具合になっちゃいましてね」

「は。なにか、不都合でもございましたでしょうか」

「いや、昨日のことなんですが。お盆でしょ？　おやじの墓参りに、おたくの霊園へ参らせてもらったんですよね。二回目ですけどね。四月におやじ亡くなって、あわててお宅のお墓買ったんだから」

「そうでございましたね。たしか上町さんは長崎のご出身で、代々のお墓はあっちにあるというので」

「そ。家の事情で、おやじの骨は長崎の寺には入れられないんだよね」

「そういう方は多うございますよ」

「で、四十九日に一回目の墓参に行って、そのときは何ともなかったんだよ」

「は」

「で、昨日行ってみたら、墓石が壊れてるんだよ」

「壊れている、と申しますと」

「それがどうも妙なんだけどさ。〝上町家之墓〟って字が彫り込んであるでしょう。その字の上半分のとこが、カミソリで削《そ》がれたみたいになって、前に倒れて粉々になってんだよ」

「え？　それは、どういうことでしょうか」

「だから、墓石のさ、表から二、三センチくらいのとこへナイフ入れて、その、何て言ったらいいのかな。ハムをスライスしたみたいになってて、墓石の上半分、厚み三センチくらいのとこが、パタッと前に倒れて砕けてたんだよ」

「でも、あなた、そんなバカなことが。あれはプロの石工が厳選吟味した石ですよ。チーズやウェファスみたいにスパスパ切れるようなもんじゃないんですからね。そんな壊れ方するわけがないじゃないですか」

「そりゃ、そうなんだけど。崩れた断面があんまりきれいで、それだけに変なもんで、女房も子供も気味悪がっちゃって」

「はあ、そうですか」

「いったい、何なんだろうね」

「いや、私ももう三十年近くこの墓地のセールスをしてますが、そういうことは初めてでして。とにかく、今日明日にも早急に上町さんのお墓を見させていただきます。石屋も呼んで相談してみますが」

「はあ、お願いしますよ」

「お宅の方でも、ちょっと調べていただけますか」

「調べるって……何をですか?」

「なにかそういう因縁がないかですね」

「因縁?」

「たとえば、失礼な話ですが、お父さまになにか人の恨みでもかっているようなことがなかったか、とか。硬い石でもスパッと切ってしまうくらいの、何かそういう刃物にまつわる因縁が、お父さまなりご先祖なりになかったかどうか、とかですね」

「ああ。やはりそういうことのあらわれなんですかね、こういうのは」

「ま、人のお墓ですからね。いろんなことが起こりますよ。その上でお祓《はら》いが必要なら、うちのお寺のお坊さんをさし向けますし、墓相の先生とも相談してみますので」

「はあ。なにぶん、事が事ですんで、よろしくお願いしますよ」

「どちらにしても、墓石の方は早急に作りかえんといかんでしょうな」

「えっ？　また百五十万もかかるんですか。同じ石で彫り直すというわけにはいかんのですか」

「それは、ま、上町さんがそういうケチのついた石でもいいとおっしゃるなら、こちらはどうとも言えませんがね。なにぶん、うちは霊園の地所を売っているのであって、上に建てる墓石は石屋さんの領分ですしね。それでもうけているわけではありませんので」

「わかりました。女房と相談してみます」

ということで電話を切った。ばかに素直な客で、かえって俺が困惑したくらいだが、まあ一流企業のエリート社員の世間知らずさというのはこんなものなのかもしれない。いつもいつもこううまくいくわけではない。墓石の壊れたのをごまかした上に、新しい墓石まで建てかえさせられそうなのだ。こういうのを「一石二鳥」というのだろう。いや、ものが墓石だから「一石二石」か。

それにしても、土山《つちやま》石材に文句を言っておかねばならない。土山石材は、うちの霊園が契約している十店ほどの石材店のひとつだが、最近どうも納期遅れだの手抜きが目立つ。墓石がカミソリでスライスしたみたいにはがれた、というのは、あるまじき基本的なミスだ。

素人の客は、あの墓石というのは一枚岩の石材を、職人がコツコツとノミで彫っているものだと信じてありがたがっているが、いまどきそんなことをしている石屋はいない。よほど高価な墓石なら別だが、たいていはスプレーを使う。つまり、「上町家之墓」なら、その字を厚さ二センチほどの素材でくり抜いて型をつくる。この抜き文字を石の土台の上に貼りつけて、その上から石粉のスプレーで吹きつけるのである。あとはその文字型をスポッとはずせば、全体はいかにも一枚の石材を彫ったような按配《あんばい》になる。かかる時間も経費も段ちがいなのだ。

今回の件では、吹きつけた石粉の凝固が甘くて、なにかの拍子で土台からはがれ落ちてしまったのだろう。

ひとつ、土山石材をとっちめて、無料で代替品を作らせてやろう。その上で上町から〝うわもの〟代を再請求すれば、百何十万が丸々のもうけになる。粗利《あらり》が上がって、売り上げ会議にもいい顔で出られるわけだ。

・七月十七日

今日は、胸のつかえがすっとおりるようなことがあった。「現地視察バスツアー」で、式《しき》沢《ざわ》のじじいに恥をかかせてやったのだ。近いうちにやってやろうとは思っていたのだが、二度も続けてうちのバス見学ツアーに式沢のじじいがのこのこやってくるとは思わなかった。

霊園の業界では、毎年月おくれの盆の前になると霊園の現地見学ツアーをやる。新聞広告や折り込みなどの宣伝をうって、参加者をつのるのである。

我々の業界の仕組みというのは、まず「初めに土地ありき」である。霊園の核になるのは不動産業者だ。かくいう俺も、もともとは都内の○○不動産の営業社員で、その本社から今の霊園事務所へ出向している。

○○不動産は、社長が議員の先生方や役所と深いつながりを持っている。そこからの情報と圧力を最大限に利用して、かなり大規模な「土地ころがし」を資金源にしている。

その世界では、官公庁から格安で払い下げられた山なら山の地所が、さまざまな名義のもとを転がり続けて、莫大《ばくだい》な利益を産むのだ。この霊園も最終的には墓地に落ちついたが、本来はゴルフ場になるはずだった。

霊園に仕立てるためには寺と結託する。認可の問題、社会的信用の問題、そして何よりも「死」を供給するのは神社仏閣であるからだ。うちの霊園の場合も、政治家が顔をきかせて、高名な寺とうちの不動産会社をコーディネイトしたわけだ。

顧客の発掘のためのバス見学ツアーの際にも、このお寺さんの存在というのが力を発揮する。

霊園自体は小高い緑の丘陵に抱かれて広々としているし、それにありがたいお寺見物がセットになっているのだ。それに精進料理なり弁当なりがついて、料金はタダである。

顧客動員のイベントとしては、けっこう強力なものがあるのだ。

ただ、そういうおいしい話を、ヒマで淋《さび》しくて貧乏なじじいやばばあが放っておくわけがない。

この時期になると、墓を買う気などはなっからないくせに、見学ツアーを楽しみにして、あっちの霊園、こっちの墓地と、ツアーにただのりしてくる老人たちがどこからか湧いてくるのだ。

霊園業界は、普段こそ生き馬の目を抜く企業戦争だが、ことこの「ただのり老人」問題に関しては一枚岩の対抗策を講じることになった。つまりは「霊園ツアーめぐり」を楽しみにしている要注意老人のブラックリストの作成である。

式沢のじじいは、そのブラックリストに最近名を連ねだした一人であった。

集合時間の午前十時。駅前のバスターミナルには、二十人ほどの人間が集まっていた。

ほとんどが中高年の夫婦者である。その中に式沢のじじいの貧相な顔があった。ハンチングをかぶってカメラまでぶら下げていやがる。何様のつもりだ。俺はムカムカしてきた。

「あの、ちょっとすみませんが、式沢……さんでしたよね」

後ろから小声で呼びかけると、式沢がびくんとした。

「ああ、そうだが」

「ちょっとお話ししたいことが」

　俺は式沢を手招きして、見学客の一団から少し離れた所へ導いた。

「式沢さん。おたく、確か二度目でしたよね。先々週の見学ツアーにも参加されてましたな」

「ああ、その通りだが。何かね、二回来ちゃあいかんのかね」

「いや、別にそういう規則はないんですがね。ただ、何度いらしてもかまいません、という規則もないんですな。うちはあくまで商売としてやってるわけでしてね。町内の老人会とか福祉施設とはちがうんですよ。あくまで、墓地をお探しのお客様にご検討いただくという意味合いでやってるわけでして」

「いや、わしだって別に冷やかしで来とるわけではない。何ヶ所か霊園をまわってみたが、おたくともう一ヶ所、どちらにするか決めかねたのでな。もう一度、おたくのを確認しとこうと思ったのだ」

「ほう。そうですかね」

「当たり前だ。あんたの態度は失敬じゃないかね。そういう言い方をするのなら、よその霊園に決めてしまうぞ」

　式沢はかさにかかってでかい態度に出てきた。で、俺はピシャッと言ってやった。

「式沢さん。あんた、千葉の○○霊園でも同じことを言ったらしいな。しかも、三回も見学ツアーに参加して、締め出し喰《く》らったそうじゃないか。都内じゃ△△霊園のツアーに二回、××霊園にも二回参加してるな。よっぽど墓地がご入用と見えますな」

「………」

「それにしちゃあ、あんた、浅草《あさくさ》の○○寺に、先祖代々の立派な墓を持ってるじゃないか。それなのにまだ墓がいるのかい」

「そんなことまで調べているのか」

「あんたね、ブラックリストにのってるんだよ。この業界のね」

「ブラックリスト？」

「ただで寺見物と弁当がついて、いいリクリエイション見つけたと思ったんだろうが、冗談じゃないぞ。うちは慈善事業やってんじゃないんだ。あんたみたいなじいさんには、それ用にちゃんと行くところがあるだろうが」

「どういうことだ」

「ラジオ局のサテライトスタジオにでも行ってみな。あんたみたいなじいさんがいっぱいすわってるぜ。それがいやなら、山手線に乗ってグルグル回ってるこったな」

「な、何を言うか」

式沢は怒りと絶望のためにぶるぶるとふるえていた。渋皮色の顔面には血がのぼって紫色になっていた。しかし、大男の俺につかみかかってくるほどの気力はないらしい。物も言わずにクルッときびすを返して歩み去っていった。

俺は胸がスッとした。

・七月十八日
事務所へ出る前に寺の方へ寄った。

長老の法玄師に、霊園のパンフレット用の字を一筆書いておいてもらったのを、取りに行ったのである。

この寺は、禅宗の大寺の塔頭《たっちゅう》で、法玄師はその世界ではけっこうな重鎮なのだろうが、何がどうえらいのかは俺にはよくわからない。法玄師は六十を少し越えた小肥《こぶと》りの坊さんで、たまにテレビにも出たりしている。

寺の門をくぐろうとすると、表に二十七、八の女が立っていた。寺の中にはいるでもなく、立ち去るでもなく、行ったり来たりしていたようだ。

俺にはピンと来るものがあった。職業的直感という奴《やつ》だ。この女は水子《みずこ》供養をたのみに寺まで来たものの、直前になって迷いが生じているのだ。この寺は、近在の寺の中では水子供養に力を入れているのである。水子の墓はもちろんうちの霊園の中にある。中央にでっかい観音さまが建っていて、そのまわりを何百体もの三十センチほどの小仏が取り巻いている。その一体ごとに、水子の戒名が書き込まれている。数は増える一方だ。

「失礼ですが、何かお迷いごとですか？」

俺は女に声をかけた。

女は腰が引けて、今にも逃げ出しそうな様子になった。髪の長い、脂性で暗い顔つきの女だ。水商売風ではない。ＯＬだろう。

「私はこのお寺の出入りの者で、今から長老の法玄師に会いに行くところです。何かお悩み事がおありでしたら、師に紹介しますからお話をされませんか？」

「あの、でも、私……」

「徳の高い方ですが、気さくないい人ですよ」

結局、女は俺についてきた。

勝手知ったる院内の廊下を渡っていくと、法玄師は西瓜《すいか》にカルピスの原液をかけて食っていた。甘党なのだ。俺は胸が悪くなった。

「おう。どないしたんや、べっぴんさん連れて」

法玄師は、口のはしに西瓜の種をくっつけたまま、軽口を叩《たた》いた。法玄師は京都の人で、いまだに関西弁が抜けない。

「いや、そんなんじゃございません。お寺の前で行ったり来たりしてらしたんで、こりゃ何か悩み事だと踏みまして、師のところへお連れしたんですよ」

「ほう、そうかいな」

このあたりはあうんの呼吸である。法玄師にも即座に見当がついたのだろう。

「ま、あんた、こっちへ来て、すわりなはれ」

女が師の前にすわると、俺は席をはずした。はずしたといっても障子一枚へだてた隣りの部屋に移っただけなので、会話は筒抜けだ。

「あんた、迷い事やな」

「あの、私……」

「いや、みなまで言わんでええ。口にしにくいことやからこそ迷うんや。わたしら禅寺で修行積んだもんには、言葉使わんでもだいたいのことはわかるもんなんや」

「私のことがですか？」

「うむ。あんた、最近悪いことが続いてるやろ」

「あ、はい」

「体の調子も悪いんとちがうか？」

「はい、どちらかというと」

「今日は頭が痛いと思うたら、次の日は腰がだるい、とか、そんなことないか？」

「えっ、どうしてわかるんですか、そんなことまで」

「便秘にはなってないか？」

「あ、わかります？」

「わかる。心眼で無心に見れば、普通は見えんもんでも見えてくるものや」

「そうなんですか」

　隣りで聞いていた俺は声を出して笑いそうになった。師の言っていることは、たいていの女にはどこかで当てはまることなのだ。女の体というのは、月経の周期の中でホルモンバランスが崩れやすい。それは「不定愁訴」という症状になって、体のあちらこちらに出てくる。年がいくにつれてこれが顕著になってくるのが「更年期障害」というやつだ。

「何が原因でそういうことになったんでしょうか」

女の声は真剣だ。

「因縁やな」

「因縁?」

「あんたがさっきここへはいってくるときにな、腰のあたりにマリモみたいな丸いもんがくっついとるのが見えたんやがな」

「丸いものが、ですか?」

「ああ、あれは人間の魂やな」

「え? じゃ、幽霊ですか?」

「それともちょっとちがうんやがな。人の想《おも》いというか、怨みというかな。あんた、なんぞ思い当たること、ないか?」

「…………」

女が黙りこくってしまった。

「あんた、子供堕《お》ろしたことあるやろ」

「あ……はい。実は……」

「そうやろうなあ。あんたの身に起こっとる良うないことは、みんなその因縁から出とるんや」

「はい。実はそれで、水子供養のお願いをしようと思って来たんですが、入り口で迷ってしまって……」

「あんたが入り口であの男の人に会うて、私のところまで来たのも、これは縁というか導きというか。実はあの男はうちの経営してる霊園の人間でな。そこで水子供養もしとる。これはひとつ、供養してやるこっちゃな」

「あの、失礼な話なんですが、お値段の方はいくらくらい用意すれば」

「ああ、それはピンからキリまであるわな。下は十万から上は百万までな。屋内と屋外で値もちがう」

「屋内だと高いんですね」

「いや、水子の場合、屋外で、観音さまに近いほど高《たこ》うなるな」

「私の場合、おいくらぐらいのにすればいいのでしょうか」

「それはもう、あんたのお心次第や。水に流した魂を想う、母として、人間の親としての供養の心次第やな」

「実は、今度結婚することになったんです。それで、やっぱりきちんと供養をしてから晴れてお嫁に行きたいと思いまして」

「ああ、それはええことや。供養してあげなはれ」

「でも、どうしたらいいのかしら。あの、そのお値段の違いというのは、具体的に言うとどういう違いがあるんでしょうか」

「ん？　違い？　そら、あんた」

ここで法玄師の声がひときわ大きく張った。

「功徳が違うがな」

「お心次第」と「功徳が違う」。この二語は法玄師の必殺パターンで、こう言われて一番安い供養をする女はまずいない。

しかし俺は知っている。「功徳」なんぞは違わない。「違わない」というより「ない」のである。違うのはただ単に値段だけだ。

女たちは十万円だせば十万円分の、百万出せば百万分の「なぐさめと安心」を自分の心の中から買い取っているのだ。

・七月十九日
福田《ふくだ》先生といっしょに四軒ほどまわった。

福田先生は、「墓相」の先生である。

普通、我々業者と先生が組んでまわるというような、露骨なことはあまりない。

先生は家で集会をしたり、個別に相談を受けたり、あるいは講演会を持ったりしている。

先生でもカリスマ性の高い人になると、かなりの数の「信者」と弟子を持ったりする。

そういうときに、相談者の不幸や凶事を墓相の悪いためであると判断すれば、墓を建てかえなさいということになる。先生がそういう顧客を我々の方へまわしてくれるわけである。そういう力関係なので、墓相の先生は我々業者に対してはけっこう高飛車である。

今日は、福田先生立ち会いのもと、墓の建て替えの打ち合わせにまわったわけである。

四軒のうち、三軒はとんとん拍子に話がついたが、四軒目で問題が起きた。

相手はごく中流のサラリーマン家庭の主婦だった。四十過ぎの太った女だ。女は顔を曇らせて、福田先生に事情を話し始めた。

「実は先生、うちの人が、どうしてもお墓の建て替えは承知できないって言い出して、困ってるんですよ」

「ほう、それはまたどうしてですかな。ちゃんとご主人に事の委細を話されたのかな?」

「はい、それはもう」

「息子さんの受験の失敗も、あなたの体の不調も、ご主人の単身赴任云々《うんぬん》の話も、みんな墓相が凶と出ているところから来ているのですよ?」

「それはもう、事こまかに言ったんですが」

「お宅の宗旨は浄土真宗だったかな。お寺さんと代々深いつき合いで、それで移転に反対だとか」

「いえ、お寺さんとは別に」

「この〇〇霊園をやっとるのは禅寺ですからな。禅というのは宗教というよりも、本質的には〝哲学〟なんだ。だから〝宗旨宗派は問いません〟という言い方ができるんだ。宗教的な問題はご主人にも霊園側にも何にもないと思うんだがね」

「ええ」

「となると、失礼な話だが、予算の問題だな」

「はい、その点がねえ。家のローンもまだまだ残っているのに、墓を買い替えるなんて酔狂ができるか、と、こうなんですよ」

「酔狂？　酔狂とおっしゃったか」

「いえ、それは主人が申しましたんで」

「というと、ご主人は私の言う吉凶の相ということを頭から信じておられんわけだ」

「頭の固い人ですから」

「いいかね。この家相墓相というものは、そこいらの迷信とはわけがちがうんですぞ。これは古代中国の風水術や易と同じく、統計学であり科学なんだ。それを酔狂だと言われてはなあ」

「いいえ、私はもちろん先生のおっしゃることを一言たりとも疑ったりしてませんのよ。だから一生懸命説得してるんですけどねえ」

「こうなると仕方がないな。これは言わずにおこうと思うとったんですが」

「え、何ですの？」

「墓さえ建て替えれば収まることだからと思って、あえて伏せておいたんだが、実はお宅の家には、最悪の凶兆が出とるんだ」

「最悪の……と言いますと？」

「〝悪性の腫れもの〟という卦《け》が出ておるのだ。つまり、ガンだな」

「ガン？　主人にですか、私にですか？」

「いや、それよりももっと悪いケースだ」

「まさか……」

「そう、息子の信一《しんいち》君にその卦が出とるのだ。若い人のガンとなると、これは中高年とちがって半年ともたんからな」

「信一がガンに？」

「これは長い年月、墓相が凶のままに放っておかれたために、成仏できないご先祖たちの恨みが、たたりを起こしておるのだ。一人息子の命を奪い去るという最悪の形で、霊たちは自分の苦しみを訴えようとしているのだ」

この一言に動転した女は、その場でうちの契約注文書にサインをした。金は生命保険や家を担保にして、何とか都合をつける、という話だった。

帰り道、ほたほた喜んでいる俺に、福田先生はにんまり笑って言った。

「人間、自分の生き死にというのは案外冷静に受け止めるものなんだ。それが、息子や娘、まして孫なんかのことになると、平常心でいられる者はおらん。ま、安心代だと思えば五百万や六百万の金は安いもんだ。生命保険をお守りがわりにかけるよりは、よっぽど霊験《れいげん》あらたかだよ。そう思わんかね」

俺たちは、駅前の寿司屋《すし》で祝盃《しゆくはい》を上げた。その店のテレビで、夕方のニュースを見ていると、見知った顔の写真が映っていた。

式沢のじじいが首をくくって死んだらしい。

今朝早く、自宅の鴨居《かもい》からぶら下がっているのを近所の人間が見つけたそうだ。遺書には、

「老残の自分の身がみじめになった。恥をさらして生きるより死を選ぶことにする」

と書いてあったそうだ。

どこまでも胸のムカつくじいさんだ。

・七月二十日

夜遅くに大酔して帰宅した。

女房も子供も、とうの昔に出ていって、俺は気ままな独り暮らしだ。

玄関の電気をつけたが、電球が切れているらしい。まっ暗闇の中を、手さぐりで台所にたどりつき、水道の水をがぶがぶ飲む。

今日は給料日だったので、ずいぶん飲み過ぎたようだ。

今月もセールス額は俺がトップだった。

出向先の霊園の給料は、本社の不動産会社と同額で、その上、売り上げに対して上乗せがある。家は親父《おやじ》譲りの持ち家だし、独り暮らしなので、俺は金に不自由したことはない。

たっぷりと水を飲んで、初めて台所もまっ暗なことに気づく。おまけに夏だというのに部屋の中が鳥肌が立つほどに冷えきっている。

「クーラーをつけっ放しで出ちまったのかな」

暗闇の中を、また手さぐりで台所の入り口まで戻り、電灯のスイッチを入れた。

台所の食卓の上に、式沢のじじいが立っていた。

目を張り裂けんばかりに見開いて、俺の方を見ている。口もとからは、血と汚物が垂れ、顔はぶどう色にうっ血している。首のまわりにはロープが喰い込んでいた。

そして、式沢の体全体はどんよりと濁った感じではあるが、半透明だった。体の向こうにあるはずの台所の窓や吊《つ》るしたフライパンなどが透けて見えている。

式沢は、無言のまま、凄《すさ》まじい怨みの表情で、じっと俺をにらんでいた。

俺はゆっくりと、式沢が突っ立っている食卓に近づくと、低い声で言った。

「こら、じじい。降りろ。人が飯を食うテーブルの上に、土足で突っ立っているとはどういう了見だ。いい年をして行儀も知らねえのか」

式沢は俺が驚かないので、少し困惑している様子だった。俺をにらんでいる目から、急速に力が失《う》せて、何となくきょときょとした感じになった。

「降りろと言ってるのがわからないのか！」

俺の気迫に押されて、式沢の幽霊はのろのろした動作でテーブルを降りた。

「おい。てめえが厚かましく見学ツアーに便乗して、ただの弁当喰ったくせに、逆怨みして化けて出るとはどういうことだ。俺がおめえみたいなへっぽこじじいの幽霊で腰を抜かすとでも思ったのか。いいもの見せてやるから、ちょっとついてこい」

俺は式沢を先導して、玄関横の八畳の洋室へ向かって歩き出した。この部屋は、昔、娘が使っていた部屋だ。

部屋の戸をあけて、俺は式沢に中を見てみろ、と首でうながした。

部屋の中には、八人ほどの男女が、ぼおっと突っ立っていた。いずれも中年から老年の男や女だが、その体はどれも半透明に透けている。

「化けて出てきたのは、あんたで九人目だ。いちいち相手にしてられないから放っておいたら、なぜかみんなこの部屋に集まるようになった。ま、幽霊同士で仲良く話でもするんだな」

俺は部屋にはいった式沢の背後から、叩きつけるようにドアを閉めてやった。

・七月二十一日付夕刊記事
『二十一日未明、八王子《はちおうじ》市寺田町《てらだまち》四三番地、不動産会社社員大久保等《ひとし》さん（48）の自宅が、落下してきた岩石群によって全壊する、という事故が起こった。大久保さんはこのため家屋の下敷きとなって即死。消防署と警察の調べによると、落下してきた岩石は九個で、すべて都内○○霊園に立っていた墓石だった。警察では竜巻のようなものに吸い上げられた墓石が、大久保さんの家に集中して落下したとしか考えられないとして、異常な事件に首をひねっている。なお、隣家の目撃者の話によると、墓石は降ってきたというよりは、ロケット弾のように一基ずつ唸《うな》りをあげて飛んできた、という。付近の家には被害はなく、墓石は狙ったように正確に大久保さんの家にだけ飛来した模様』

Night of Galateia

貴子の胃袋

貴子《たかこ》が肉を食べなくなった。

その原因はあの夜のテレビ番組である。そのときのことはよく覚えている。今思い返せば、何か心にひっかかる予感めいたものが、その夜、私の心に鉤爪《かぎづめ》を喰《く》い込ませたのだろう。

その夜、妻の光恵《みつえ》と私、娘の貴子は、そろって夕食をとりながらテレビを見ていた。高校に進学した貴子のお祝いを兼ねたその日の夕食は豪勢だった。前の日に私が吟味して買い帰った二キロもある牛肉の塊を、光恵は、その日の午後いっぱいを費《つい》やして、オーブンで焼き上げた。

「イギリスの上流家庭みたいね」

貴子は普段は引っ込み思案な娘だが、その日はさすがにはしゃいでいた。

「ねっ。お父さんが切り分けてよ。イギリスでは、お肉を切り分けるのは家長の仕事なのよ」

「勘弁してくれよ、貴子。そんな気恥ずかしいこと、父さん、できないよ」

「あなた、やってあげなさいよ。あたしも映画で見たことあるわ。イギリスじゃ日曜日にはローストビーフを作って、それを家長が切り分けてサーブするのよね」

「最近は不況でそんなこともできないらしいよ、イギリスは」

「ね、お父さん、やってよ」

「仕方ないな。何で切ればいいんだ？」

光恵がキッチンから刃渡りの長い身幅のせまい肉切り包丁を持ってきた。外国製の、ローストビーフ専用のナイフらしかった。レストランで見たことがある。

「おいおい。ローストビーフなんて年に一度焼くか焼かないかなのに、こんなものだけは買いそろえてるんだな」

「あら、あなた。女って、こういうものが家にあるってことが幸せなのよ。そりゃ、年に一回しか使わないかもしれないけど、自分の台所にローストビーフ専用のナイフがあるなんて、それだけで心が豊かになるじゃない」

「そんなもんかね」

私は外人風に「ＯＨ、ＮＯ！」の仕草をしてみせて光恵と貴子を笑わせた。おどけてみせないと、照れくさかったのである。すこやかに育つ娘。肉の塊を買って帰ってもさして苦痛でない程度の収入。家族にその肉を切り分けてやるパパ。輝くような幸せ。それが私にはまぶしく、照れくさく、尻のすわりが悪かった。それはかつて私がテレビの外国製ホームドラマの中でしか見たことのない、異世界の光景だった。ことに私は無頼で孤独な青年時代を過ごしてきたので、いまだにこういう「家庭の幸福」になじめない。どこか現実離れした夢の中にいるようで、幸福感にリアリティがないのだ。かといって、もちろん不幸に戻りたいわけでは決してない。私は幸福に対して、ちょうどガキ大将の子供が、好きな女の子にわざと意地悪をしてしまうような、そんな幼児性を持って接しているのかもしれない。

光恵と貴子が見つめる中、私は慎重に肉塊にナイフを入れた。大皿の上の肉塊は、芽キャベツや小玉ネギの家来どもを従えて、まさに〝デン〟という感じで鎮座している。黒に近い褐色に焼き上がった肉の表面に、しずしずとナイフを入れると、切れ目からじんわりと透明な肉汁が浸《し》み出てくる。重い手応えを〝えい〟とばかりに引き切ると、肉はバラ色から鮮血の赤に至る美しいグラデーションをのぞかせながら、はらりと一枚、また一枚と大皿の上に倒れていく。私はその大ぶりの肉片を光恵と貴子の皿に、それぞれ取り分けてやった。

「おいしそう」

貴子が強い光をたたえた視線で皿の上をながめる。

例の番組が始まったのは、このときだった。

テレビをつけたまま食事をするのは我家《わがや》の昔からの習慣だった。世間ではこいつがコミュニケーションを疎外しているというのでやりだまにあげられるが、私の場合は自宅で物を書くのが仕事なので、家族と顔を合わせる時間には不自由しない。神経をやすめる意味で、夕食のときにはいつもテレビをつけて、どうでもいいような番組を見ている。

その日、始まったのは、世界なんとかというタイトルのグルメ番組だった。新聞の番組欄であらかじめ調べておけば、そんなものは見なかったのだが、今さらくやんでも遅い。そのときは、これからご馳走《ちそう》を食うところなのでグルメ番組というのはちょうどいいや、くらいの気持ちだった。

画面には香港《ホンコン》の風景が映し出されていた。

繁華街の雑踏の中で、若い男のレポーターが作り笑いを浮かべながらマイクを握っている。

「はい、私、いまご覧のように香港に来ております。みなさん、ちょっと私の後ろをごらんください」

カメラが引くと、店先に乱雑に木箱のオリがいくつも積まれ、その中には雑種の犬が一匹ずつはいっていた。

この瞬間、私は〝しまった〟と心の中で叫んだが、チャンネルをかえるかどうかに一瞬の迷いが生じてしまった。好奇心が心の中で頭をもたげて、もう少し見てみたい、と思ったのも事実だ。その間にレポーターは軽薄な口調でしゃべり続ける。

「はい、可愛《かわい》いワンちゃんたちですねえ。このお店、みなさん、何だと思います？　ペットショップだろうって？　いえいえ、そんな生易《なまやさ》しいもんじゃないんです。聞いてビックリ、このお店、犬料理のレストランなんですねえ」

「うっそお!?」

貴子が大声をあげた。口に手を当てて画面を見つめている。

思えばこのときに、私はチャンネルをかえるべきだったのだ。なまじ、私自身に関してはショックがなかっただけに、まだ十五歳の貴子の受けた心理的衝撃を甘く見てしまったのだろう。

私自身には犬料理に関する予備知識があった。中国でも韓国でも犬の肉を食べる。ことに「机以外の四本足は何でも食う」という中国では、犬の肉を「香肉《シャンロウ》」と称し、体があたたまるというので珍重する。現に日本ではペットになっているチャウチャウ種は、食用犬として交配されたものだ。

さすがに私自身は犬を食べたことはない。が、そういう知識はあるので、ある種の興味を持ってその番組を見続けた。

テレビカメラは、犬肉レストランの店内から厨房《ちゆうぼう》の中へとはいっていく。さすがに、生きている犬をほふるところまでカメラが追うことはなかったが、厨房の中には皮をはがれて赤裸になった犬が数匹、鉤に引っかけられてぶら下がっていた。その下には血だまりができて、いまにも腥《なまぐさ》い匂いがただよってきそうな、酸鼻きわまる光景である。

中国人のコックが、大きな木の台の上にこの赤裸の犬を一匹、ごろんと乗せ、大ぶりのナタのようなものでこれを解体していく。その腰の入れ方はみごとなもので、犬はまるで骨など存在しないもののように、簡単に四肢と胴を分断され、内臓を抜かれ、さらにいくつかの肉塊にさばかれていく。

コックはさらに幅の広い中国包丁を手に、魔術のようなあざやかさでこの肉塊を切り刻み、調理していく。

その調理の結果、犬は頭の先から尻っ尾《しっぽ》の先まで、内臓から骨まで、すべてを使い切った「犬のフルコース」となって、レポーターの食卓に並《なら》べられた。見かけは別段、普通の中華料理と何の変わりもない。スープや揚げ物や炒《いた》め物、内臓は茹《ゆ》でた後薄切りにされ、冷菜の盛り合わせになっている。

レポーターの男は、並べられた皿をながめ、

「はあ、これがさっきのワンちゃんですか」

と、いかにも気の毒そうな表情を作ってみせた。

「しかし、私も仕事です。ワンちゃんには後でよおくあやまっとくことにして、とりあえずはこの香肉、狗肉《くにく》フルコース、味わってみることにいたします。ワンちゃん、ごめん」

レポーターは長い箸で犬の内臓の冷菜を一切れ、自分の小皿に取ると、それをこわごわという仕草で口に入れた。それから、眉根を寄せて小首をかしげ、「？」という演技をしたあと、わざとらしく表情をパッと輝かせた。

「ん……んまいっ！」

私はこのレポーターの演技の拙劣さに、チッと舌打ちをして、苦笑いをしながら貴子の方を見た。

貴子は、一見、薄く笑っているように見えた。そう見えたのが錯覚であることはすぐにわかった。

さっきまで喜びで上気していた貴子の頬からは、すっかり血の気がひいていた。目は憑《つ》かれたようにテレビの画面に注がれ、一見笑っているように見えた口元は、小きざみにけいれんしていた。

「おい、貴子。貴子っ!?」

私の声に、貴子は我に返ったのだろう。ゆっくりと顔をこちらに向けると、細く震えるような声で言った。

「ひどい。……ひどいね、お父さん?」

異様な気配を察した光恵が、あわててテレビのチャンネルをよそへ回した。とたんにドッと大笑いの声が流れてきた。画面では志村《しむら》けんが奇妙な踊りを踊って、客を沸かせているところだった。

「ほんとね。ちょっとひどいわよねえ、犬を食べるなんて」

光恵が私にあいづちを求めた。

「うん。ま、我々日本人から見れば、そう映るのかもしれんが」

光恵に同意すればいいものを、私の口から出てきたのはこの言葉だった。私には、今の画像によって貴子が受けたであろうショックを見くびっているところがあった。むしろそのショックを受けたという様子は、貴子のポーズなのではないか、と思ったのだ。やさしくて多感な少女の役割を貴子は演じている。その役割に当然求められるべき〝女の子らしい〟反応というのを、貴子は演じているのではないか。

偽善的なセンチメンタリズムというのは、私のもっとも忌み嫌うところだった。貴子がそういうステロタイプな人間に鋳造されていくのを私は怖《おそ》れた。

「だいたい、昔から中国人っていうのは〝四本足の物は机、二本足のものは自分の親、それ以外のものはみんな食べる〟って言われてるくらい、食べ物に対してどん欲なんだ」

「でも、あなた。なにもあんな可愛い犬まで食べなくてもいいじゃありませんか」

「仕方ないじゃないか、文化のちがいなんだから。たとえばこういう話があるよ。中国の政治家にイギリスの大使が友好のあいさつとして、血統書つきのシェパードを贈った。しばらくして中国からお礼状がきた。〝たいへん、おいしゅうございました〟ってね。な？　文化のちがいってのはそういうことなんだよ」

　私はとっておきのパーティ・ジョークでこの場の雰囲気を明転させようとしたのだが、光恵も貴子も笑わなかった。ことに貴子は、どこか魂の抜けたような、あいまいな表情で私を見ている。私は少しあわてて、少しムキになった。

「たとえば、日本人が鯨を食べる、というのを欧米人は非難して、力で阻止してくるだろう。それに対して日本人は怒るだろう？　何の権利があって、他国の食文化にまで干渉するんだって。我々日本人が中国人や韓国人の犬料理を非難すれば、それと同じことになる。大きなお世話なんだよ。それに日本人だって昔から犬を食ってたんだよ」

「え？　嘘《うそ》よっ」

「いや。父さんは犬を食ったって人に何人も会ったことがある。〝赤犬が一番うまい〟なんて話はよく聞かされたもんだ」

「それは戦後の食糧難とか、そういう時代の話でしょ、お父さん」

「そりゃそうかもしれないけどね、貴子。父さんの言ってるのは……」

「今の時代に、犬の肉なんか食べなくってもいくらでも食べる物があるじゃない。お父さん、前に飼ってたクローのこと忘れちゃったの？」

「いや、忘れるもんか。可愛い犬だった。少しおっちょこちょいだったけどな」

「そうでしょ？　あんなかわいい動物を殺して食べるなんて、どんな神経があればできるのよ。神経がないのよ。人間じゃないのよ、そんなのって！」

貴子の目からボロボロ涙がこぼれ落ちた。しかし、その涙は、かえって私を妙に意固地にさせたようだ。

「じゃあ、こういうことなのか、貴子。お前はそうやって大きくなったけれど、それは牛肉や豚肉や鶏肉《とりにく》を食べてきたおかげで成長してきたんじゃないのか」

「どういうことよ」

「犬を食う人間は人でなしで、牛や馬や豚や鶏や鯨を食ってる我々は人間なのか？」

「そんなの、ただの理屈よ、お父さん」

「もちろん理屈だ。お前の抱いている変なセンチメンタリズムより、理屈の方がよっぽど正しいんじゃないか？」

貴子は黙って私をにらんだ。光恵は、目顔で私に〝ストップ〟の赤信号を送ってくるが、貴子の、下からねめあげるような恨みがましい視線が私の逆上に油を注いだ。

「貴子。人間というのは、生きていくためには、他の動物の生命を奪わないといけないものなんだ。人間だけじゃない、他の動物だって、食ったり食われたりして生命の火を点《とも》し続けていくんだ。他の生命を奪うのは、生きているものの宿命だろう？　この宿命から逃れられるものはこの世に一人もいない。それを自分は同じことをして、牛だの豚だのを殺して食っておきながら、犬を食う人間を非難するというのはどういうことだ。感傷ならまだいい。人のことをとやかく言うとなると、それはもうカンショウでも字がちがう。〝干渉〟だ。それは一種の暴力じゃないのか。え、どうだね？」

私はどうやら、貴子を逃げ場のないところへ追い込んでしまったようだ。貴子はいまや、ある種の憎悪を孕《はら》んだ眼差《まなざ》しで私の目をにらんでいた。私はそのとき初めて、自分のやり過ぎに気づいた。

私は表情をできるだけゆるめ、トーンを変えて話を続けた。

「現に、いまお前の皿にある、そのローストビーフはいったい何なんだ。これだって、きっとこうなる前は〝花子《はなこ》〟なんて名で呼ばれてた、可愛い仔牛《こうし》だったかもしれないじゃないか。しかし、そんなことを考えていては人間は生きていけんだろ？　ローストビーフはローストビーフであって〝花子〟じゃないんだ。犠牲になった生命は尊いけれど、感謝しながら食べれば、それが我々の生命になるんだ。わかったかい？　わかったら、さ、機嫌を直して、このうまそうな肉を食べようじゃないか。え？」

貴子は蒼白《そうはく》な顔のまま、スッと立ち上がると言った。

「私、いらない。お父さん、全部食べるといいわ」

貴子はそのまま走って階段をのぼった。二階の貴子の部屋のドアがピシャッと閉められる音がした。

その日、貴子は、私がどうなだめても、鍵をかけた自分の部屋から出てこなかった。

そして、その日をさかいに、貴子は、肉も魚も食べなくなったのである。


貴子は、小さい頃から、やさし過ぎるくらいやさしい子だった。貴子が内向的でどちらかというと影の薄い子であるのは、そのやさしさのせいでもある。能動的に人に接して人を傷つけたり迷惑がられたりすることを、貴子は極端なまでに怖れる子だった。引っ込み思案な分だけ内に封じられたエネルギーは、動物や花、小さな子供などに対する、度を越えたほどの愛情となって放射された。以前に飼っていた駄犬のクローに対する過剰なまでの愛情。そしてクローがフィラリアで死んだときの嘆きぶり。

痛ましい想《おも》いでそれを見ていた私は、

「やさし過ぎるのも考えものだ」

と、よく光恵に言ったものだった。

そういうときに光恵は、

「気がやさしいのは私に似たのよ。あなたに少しでも似てればよかったのに」と嘆く。しかし、私はそうは思わない。貴子はどちらかというと、私の方に似ているのだ。

たしかに私は喧嘩《けんか》っぱやいほうで、強烈な性格だと人からよく言われる。ただ、私が攻撃的なのは、裏を返せば痛みに対して敏感で傷つきやすい性格だからである。傷つくのを怖れるあまりに私の場合は自分を守るために先に攻撃を仕掛けることになってしまう。

貴子は私に似て傷つきやすい子で、ただ私とは逆に静的《スタテイツク》になることで自分を守ろうとしているのだ。光恵は、どちらかというと痛みに対しては鈍感な女である。その鈍さが妻を強い女にしているのだ。

そんなわけで、貴子が動物や花々に対して示すやさしさは、私にとっては決して好ましいものではなかった。それはむしろどちらかというと私をイライラさせた。

何らかの形で、貴子に試練を与えていかなければ。何度も何度も傷つき、それに対する打たれ強さとディフェンス、オフェンスの感触を体でつかまさなければ。貴子の抱いている「陰」の部分を何とか「陽」に転じさせなければ。そうでないと貴子は一生消極的で影のような人生をおくることになってしまうだろう。

ただ、どうすればそれが貴子に伝わるのか、その方法が私にはまだつかめなかった。

そうしたイライラが、例のテレビ番組のときにも私にああいう態度を取らせてしまったのだろう。

あの日から三日間ほど、貴子は暗く沈んだ顔つきで何かを考え詰めているようだった。食事のときにも肉や魚には手をつけなかった。

そして四日目の夕食のときに、少し明るい顔にもどった貴子は、今後、菜食主義者になることを宣言したのである。

ある程度の予想はついていたので、私も光恵も、それほど驚かなかった。

「この前のテレビ番組が原因なんだな?」

「そう。直接の原因といえばあれなんだけど、私、ずーっと疑問に思ってたのよ。牛とか豚とかをモリモリ食べる外国人が、動物愛護団体を作っていろんな圧力をかけてきたりするでしょう。矛盾してると思ってたのよ」

「ま、ああいう団体の人の中にも、貴子と同じ矛盾を感じて、結果的には菜食主義になってる人はたくさんいるよ」

「そうでしょう? それに歴史で習った明治維新までの日本だって、変なんだもの」

「どういうことだ?」

「だって、仏教の教えに従って獣の肉が禁止されてたわけでしょ? でも、足が四本あるものはいけなくて、鳥やお魚だったら殺してもいいなんて、変じゃないの。みんな同じ生き物なんだもの」

「ま、それはそうだが、日本人は結局のところ、うまく理屈をつけて、動物の肉も食べてたんだけどね」

「へえ、そうなの？」

「ああ。昔は〝薬喰い〟と言ってね、獣の肉は病気の薬だということにして、猪《いのしし》や鹿や狸《たぬき》を食べていた。兎《うさぎ》は〝鳥〟だ、という建て前にしてたから、今でも一羽二羽と数えるし、猪を〝山鯨〟なんていうのも苦肉の策だな」

「鯨だって哺乳類なのにね」

「日本では、ほんとうの意味でのベジタリアンってのはお寺の坊さんだけだが、それにしたって怪しいもんだ。〝なまぐさ坊主〟なんて言葉があるくらいだからな。言葉がある、ということは、そういう破戒僧もたくさんいた、ということだよ」

「でも、私は決心したのよ。もう動物の肉もお魚も食べないって。ね、いいでしょ？　それで」

「貴子。そういうことは、人におうかがいを立てるもんじゃないだろう。自分で決心したのなら、誰が何と言おうと、それを貫けばいいんだ。だいたいお前は小さいときから、はっきり〝いや〟とか〝嫌い〟とかが言えない子で、父さん、それを心配してたんだ。これはお前がたぶん生まれて初めて、自分のやり方について自分で決めたことだ。それは喜んで尊重しよう。父さんはそれでいいが、お母さんの意見も聞いてごらん。料理を作るのはお母さんなんだから」

「はい。ね、お母さん、いいでしょ？」

光恵は、にっこり笑って言った。

「料理の手間が倍になるんだから歓迎はしないわよ。でも、貴子がちゃんと手伝うんなら」

「うん、手伝う。約束するから」

「それと、もうひとつ。菜食主義には菜食主義の栄養学ってものがあるのよ。たとえば人間の体にはたん白質がないと生きていけないのを植物で摂《と》るわけでしょ? 植物性たん白質のこととか、そういう基本を守らないと、命にかかわるのよ。菜食の栄養学の基本を、ちゃんと勉強して、そのルールを守ること。これだけは約束してちょうだい」

「うん、わかった」

こうして貴子は私たちを説き伏せて、ベジタリアンになった。それからの一ヶ月間、貴子は菜食主義に関する栄養学や料理法の本、自然食主義者の刊行物、仏教の思想書まで買い込んで、熱心に読んでいるようだった。

食卓には豆腐や野菜、イモ、根菜、海藻などの精進料理が並ぶようになり、ときには私と妻も肉気なしのメニューにおつきあいすることもあった。

貴子はもともと、この年頃の娘がみんなそうであるように、ややぽってりとした体つきだった。女の子というのは十七、八まではそういう風に、みんな丸々としていて、それを自分でも気にしたりしているが、二十を越えるとスーッとやせてひと皮むけた感じになる。もちろん、そうならない女もたくさんいるけれど、たいていは自然の摂理にしたがって、少女の丸々した感じがスッキリと取れて、いい器量になる。そしてその後の中年期に至るまでの時期にはまた肉がついていって、ふくよかな艶婦になるか、もしくは三段腹のおばさんになるか、するわけである。

しかし最近では、ダイエット関連の企業の過剰広告のせいか、小学生までダイエットする時代で、昔のように福々しい少女というのは少なくなった。拒食症でガリガリにやせた女子高生が、駅のホームで貧血で倒れたりする、そういう時代である。

しかし、貴子は、少し太り気味なのを気にするくらい、つまり、その年齢にしてちょうどいいくらいの体型の女の子だった。

それが、菜食を始めてから、スーッと顎や肩の線の丸みが取れてきた。親の私から見ても、〝おや？　この子が〟というくらいに、清々しい美しさを輝かせるようになった。

ただ、その美しさというのは、それ以上やせると貧相な醜さに変わる、その二、三歩手前の美しさである。

尋ねてみると、体重にして四～五キロほど減った、ということだ。

しかし、その後、それ以上貴子の体重が減ることはなかった。それは光恵が綿密なカロリー計算をして、出されたものは最低限全部食べ切る、ということを貴子に約束させたおかげである。

それよりもむしろ、私は貴子が菜食に転じたことによる、精神的な変化、ということに注意を傾けていた。

菜食主義を続けると、そこに菜食主義者特有の精神パターンが生まれる、ということはよく聞く。気質がおだやかになり、争いごとや刺激の強いことを嫌悪するようになる。つまり、「草食動物の平和」のようなものが精神のベースになる、というのだ。

しかし、貴子はもともとが草食動物のような、やさしい性格の子である。それも牛のように力強くおだやかな感性ではなく、いつも耳を立てている兎のように、弱くて臆病なところがある。

そういう弱さを持った貴子が、菜食に転じることでもっともろくなるのであれば、即座にやめさせよう、というのが私の腹であった。

しかし、心配したようなことは何も起こらなかった。むしろ貴子は前よりも明るくなり、芯が強くなったようにさえ思える。何かひとつのことをするのにしても持続力がついた。ベジタリアンに特有の、息の長いスタミナが精神面においてもあらわれてきたような気がする。

つまり、何も問題はなかったのだ。あれから半年を過ぎた、今日の夜までは。

いつものように、三人そろっての夕食が始まった。私と光恵の前には鯛《たい》の刺身、アラ煮などが並び、貴子の食事はいつものように揚げた豆腐や煮豆、温野菜などであった。

食事が始まったとたんに、貴子が突然、かなり大きな音をたてて煮豆の小鉢をテーブルの上に置いた。目がキッとなって、小鉢につきささっている。

「どうしたの、貴子」

驚いて尋ねる光恵に、貴子は暗い視線を投げ返した。

「このお豆、私、食べられない」

「あら、煮足りなかったかしら。芯がある？　よくお水に漬けといたんだけど……」

「ううん。そうじゃないの。やわらかく煮えてるよ」

「じゃ、何なの？」

「お母さん。鯛のアラ煮を作った、おんなじお鍋でお豆を煮たでしょう」

「え？　そうだったかしら。そうかもしれないけど……」

「そうよ。そうなのよ。お母さん、鯛の頭とかエラとか煮た、おんなじお鍋で私のお豆を煮たのよ。そうでなきゃ、こんな、魚の腥い匂いがお豆についてるわけないでしょ？」

「お豆に魚の匂いがするの？」

「そうよ。ぷんぷん匂うわ」

「ちょっと貸してちょうだい」

光恵は、貴子の前の豆の小鉢を取ると鼻に近づけた。

「変ねえ。……あなた、どう思う？」

光恵は首をかしげながら、その小鉢を私の方にまわした。私も鼻を近づけて嗅いでみる。大豆と昆布と醤油《しょうゆ》のまじったいい香りがする。それだけだ。

「いや。貴子。お前の錯覚だよ。魚の匂いなんて少しもしないよ」

貴子は私をキッとにらんで言った。

「ううん。するわ。魚の、死んだ魚の腥い匂いがお豆に移ってる。お父さんもお母さんも、自分がそうやってお魚を食べてるから、気がつかないだけなのよ」

「しかし……」

「私、ほんとはずっと前から気になってたの。たとえば前の日にステーキを焼いたフライパンで、お母さんが次の日に私の野菜炒めを作ると、野菜がぷんぷん匂うのよ。肉と血の匂いがするの」

「でも貴子。私はフライパンだって、その都度、きれいに洗って手入れしてるのよ。乾拭《からぶ》きした後、油をまわしておくけど、それだって植物油だし」

「それでも匂うのよ。ひどいときにはご飯だって匂うのよ」

「ご飯が？　そんなことがあるわけないじゃないの」

「ううん。お母さんたちが、炊き込みご飯をすることがあるじゃない。そんなときは炊飯器に匂いが移ってる。鶏肉とかチクワの匂いが私のご飯に移ってるもの」

「そんなことあるもんですか。それは貴子、あなたの思い込みだわ。犬じゃあるまいし、人間の鼻でそんなことまで」

「わかるのよ。お母さんは毎日汚《けが》れたものを食べてて、鼻がバカになってるのよ」

光恵はさすがにムッとしたようだった。

「汚れたものって、何よ。何もそんな言い方しなくても」

「汚れたものは汚れたものよ。死んだ生き物の死骸で作ったものの匂いがぷんぷんするんだもの。食器だって、前の日に肉じゃがのはいってた食器からは屍臭《ししゅう》がするわ」

「ばかなこと言わないで。お母さん、いつでもキュッキュッて音させて食器洗ってるの、あなたも知ってるでしょ？」

「それでも匂うものは匂うのよ」

「じゃあ、何？　あなたのために、別のお料理を作らせたうえに、あなた専用の食器までそろえろっていうわけ？」

「そう。できればね」

「貴子、ちょっと、いいかげんにしなさいよ」

「それに、できれば食事も私の部屋でとりたいの」

「何ですって？」

「いっしょに食べてると、どうしても肉やお魚の匂いがこっちに漂ってくるのよ。吐き気がするときがある。それに……」

「それに、何なの？」

「牛肉や豚肉をおいしそうに口の中でグチャグチャ噛《か》んでるお父さんやお母さんを見てると、なんだか、鬼とか化けものみたいに見えるのよ」

「た、貴子っ！」

光恵の手が貴子の頬に飛んだ。それが貴子の頬ではじける前に、私が光恵の腕をつかんで寸前で止めた。このときは、前とは逆に私の方が冷静だったのだ。私は家事を分担していない。自分の日々の仕事にケチをつけられた光恵の方が逆上したのに無理はなかった。一方が逆上すれば、片一方は不思議に醒《さ》めるものである。だが、いったん歯止めのはずれた光恵の心の均衡を取り戻させる術《すべ》は私にはなかった。光恵は貴子に、つかみかからんばかりにして大声をあげ続けた。

「貴子、あなた、のぼせ上がるのもいいかげんになさい。別々に食事をとりたいですって？　食器を別にしろですって？　おんなじ鍋で料理を作るなですって？　あなた、どっかの王女さまか何かと勘違いしてるんじゃないの？　お母さんを召使いか姉《はしため》と思ってるんでしょうが」

「そんなことないわよ、お母さん」

「何が菜食主義よ。何が生き物の命は奪いませんよ。じゃあ……じゃあ言ってあげようか？」

「光恵、やめなさい。落ち着きなさい」

「何よ、お母さん。言ってごらんよ」

「あなたはそうやって、殺生はしませんって顔して、自分一人いい子ぶってるけどね」

「いい子ぶってなんかないわよっ」

「いい子ぶってるわよ。お肉を食べてる私たちが鬼だの化けものだのって言ったじゃないの」

「ごめんなさい。それはあやまるわ」

「あなただって、私たちと変わりはないじゃないの」

「どうして？」

「生き物の命を取らないっていうんなら、あなたの前に並んでる、そのお米とか野菜は何なのよ。植物は生き物じゃないの？　あなたはテーブルの花瓶の花が枯れたら、〃かわいそう〃って言うけど、あなたはカボチャの花とかイネの花とか見たことないんでしょ。ナタネの花とかクリの花とか。みんな可愛いちっちゃな花をつけるのよ。それを作ってる人は、牛や豚といっしょよ、丹精込めて育てるのよ。植物だって命があるってことにおいて、動物と何のちがいもないのよ。その命を奪って、おいしそうに食べときながら、どうしてあなたは天使でお母さんは鬼なのよ。冗談じゃないわよっ」

一気に怒鳴り終えた後、光恵はその場にくずおれて号泣した。

この間の貴子の表情の変化を私は忘れることはできない。最初のうちの怒りの表情がだんだんと蒼《あお》ざめて、最後には呆然《ぼうぜん》としたような絶望の表情に変わっていった。

貴子は、光恵の言うことが正しいことを、理解してしまったのだった。

あれからまた一ヶ月が過ぎた。

今では貴子は私たちと食事をともにすることはない。朝食も夕食も、自分の部屋にプレートにのせて運び、独りでとっている。昼は光恵の作った弁当を学校で食べている。

貴子と私たちの会話も極端に少なくなってしまった。光恵は何とかしようとしてしまりに貴子に話しかけるが、貴子からは最低限の無愛想な答えが返ってくるだけである。

私はといえば、いつかはこの冷戦状態の解けるきっかけが必ず来るはずだ、と信じて辛抱強く待っている。こういうときこそ、大人が大人らしい態度と度量を示さねばならないときなのだ。

それよりも気になるのは、食事の量は変わっていないのに、貴子がゲッソリとやつれたことであった。毎日顔を合わせているので最初のうちは気づかなかったのだが、明らかに貴子は日に日にやせおとろえている。一ヶ月前の人相と比べるとまるで別人のようだ。頬はそいだようにこけ、肌は土気色で張りがなく、そのくせ目だけがらんらんと輝いている。

光恵には、一度医者に連れていけと言ってあるのだが。極度のストレスによる過敏性大腸炎のような病気で、栄養が身についていないのかもしれない。

「あなた、今日、久しぶりに弟が来たのよ」

光恵が食後の茶をいれながら言った。

「珍らしいな。勇二《ゆうじ》君、元気だったかい。まだいい人見つからないのか」

私は義弟の浅黒い肌と虫歯だらけの笑い顔を心に浮かべた。

「元気そうだったわよ。口の悪いのも相変わらずで」

「いいんだよ、ああやってずけずけものの言える性格の方が」

「でも、さすがのあの子も、貴子の顔を見ると目を丸くしたのよ。〝骨と皮ばっかりじゃないか。あれじゃ、中尊寺《ちゅうそんじ》の木乃伊《みいら》だよ〞って。貴子が部屋に帰った後で、真顔で私に訊《き》くのよ。〝ねえさん。貴ちゃん、ガンじゃないのか〞って」

「うむ。我々は毎日貴子を見てるから慣れがあるんだが、たまに会った勇二君はびっくりしたろう。たしかに貴子のやせ方は異常だ」

「それに勇二は、もうひとつ変なことを言ったわ」

「何だね」

「〝この家は、どっかに死体でも埋めてるのか〞って。とても変な、腐ったような匂いがするんですって。あなた、気づいてらした？」

「いや。天井裏に猫かネズミの死骸でもあるんだろうか。私もずうっとこの家にいるもんだから、案外、そういうことに気づかないのかもしれないね」

言ってから私と光恵は、はっとして顔を見合わせた。事の符合に気づいたのだ。毎日見ているから慣れてしまったけれど、ただごとではない貴子のやせ方。そしてただごとではない異臭。

「お前、最近、貴子の部屋にはいったかね」

「いいえ。あの子、絶対に中に入れないのよ。掃除も自分でするからって。学校に行くときは外から鍵をかけて行くくらいなのよ」

「それだ。貴子の部屋に何かがあるんだ」

二人で階段をのぼって貴子の部屋のドアをノックする。軽い足音がして、ドアがけだるげに開いた。ガリガリにやせ細った、幽鬼のような貴子の顔が、少しだけ開いたドアのすきまからのぞく。

「何？　お父さん。いま、忙しいの」

「貴子。少し話があるんだ。中に入れてくれ」

「話したくない。閉めるから手をどけてよ」

貴子は力一杯ドアのノブを自分の方に引いた。だが、ドアは閉まらなかった。私が、開くと同時に膝頭《ひざがしら》をドアのすきまに差し入れておいたからだ。私はそのまま力まかせにドアを押し開いた。

「やめてっ、何するのよ」

「はいらせてもらうぞ」

部屋に踏み込んだ私と光恵を、たまらないような異臭が襲った。いくら毎日少しずつ慣らされていたといっても、この匂いならわかる。有機物が腐っていくときの、あのドブの泥に酒と酢をたらしたような、むかつく匂い。その臭気の本源はこの部屋だったのだ。そしてその臭気は、ドアの開け閉めのたびに少しずつこぼれて、この家に薄くたちこめていたのである。

だが、見渡したところ、その匂いのもとになるような腐敗物はどこにも見当たらなかった。

光恵が部屋の一隅をしめるクローゼットに走り寄って、その扉を思いっきり開いた。

「やめてっ、お母さんっ！」

貴子の絶叫と同時に、震動を受けたクローゼットの中から、何か巨大な塊が、ぐんにゃりと光恵の方に倒れかかってきた。そいつは光恵の体に当たると、ぐじゃぐじゃに砕け散った。

私と光恵は、放心して、床の上の汚物の山を見つめた。それらは全て腐敗した食べ物だった。腐ってカビのはえたごはん、豆腐、粘液にまみれた豆、茶色くなった野菜。

「貴子っ！　あなた、この一ヶ月、何にも食べていなかったのねっ」

「そうよ。私はね、お父さんやお母さんとはちがうのよ。私は、物なんか食べなくても、〝気〟を体に摂ることで生きていけるのよ」

「何ですって!?」

私は貴子の机の上に乱雑に積まれた本が、気功術の本や仙術の本、オカルト学といったたぐいのものばかりなのに気づいた。

貴子は、死のうとしていたわけではないらしい。まさに〝カスミを食って〟生きていけると、本気で信じ込むところまで追い詰められてしまっていたのだ。

光恵は、そのまま物も言わず貴子の腕をつかむと、階段を引きずりおろし、食堂へ引っ張っていった。貴子が影のように軽くなっていたこともあるが、それにしてもものすごい力だった。

光恵は冷蔵庫を足で開けると、中から牛乳のパックを出し、その開口部を貴子の口に押し込んだ。

「いやっ！　いやよぉ、お願い」

貴子は首を振って抵抗したが、ついには口いっぱいに牛乳をあふれさせ、鼻の穴をつまれて、ゴクゴクと苦しげに液体を飲み込んだ。次に光恵は冷蔵庫の中のものを手当たり次第につかみ出すと、それを次々に貴子の口に押し込んだ。ウィンナーを、豆腐を、生の肉を、卵を……。

「さあ、噛んでっ。噛んで飲み込むのよっ」

「おい、光恵、やめろ。急に食べさせるとショック症状を起こして死んでしまうぞ。やめないかっ」

私は、憑かれたようになって食物を貴子の口に押し込んでいる光恵を、力ずくで引き離し、二、三発平手打ちをくらわした。その間に貴子は、口の中の物を吐き出しながら、台所の奥へ逃げ込んだ。

「しっかりしないか！　一ヶ月も絶食した人間に、急に食べ物をやったりする馬鹿がどこにいるんだ」

「だって、食べさせないと、あの子、死んでしまう」

反狂乱の光恵に、私はコップの水でもかけて落ち着かせてやろうと、台所へ立った。

台所へはいろうとする私の前に、ゆらりと小さな人影が立った。

貴子が、手に長い包丁を持って私たちをにらんでいた。その包丁は、例の包丁、ローストビーフを私が切り分けた包丁だった。

貴子の顔は憎悪でひきつり、眼が半分とびだしたように見開かれていた。その口のまわりには吐いた食べ物がこびりつき、口からは血とよだれが、後から後から流れ出ていた。

「やっとわかった。あなたたちは、お父さんやお母さんじゃない。悪魔だ。悪魔が二人にのりうつって、私に汚れた物を食べさせようとしていたんだ。私に薄汚い死骸を食べさせようとしたんだ」

貴子が包丁をふりかざして光恵に襲いかかった。包丁は、とっさに前に出た私が、自分の二の腕で止める形になった。二センチほど腕に食い込んだ包丁の両端に手をかけて、貴子は全体重を刃にあびせかけてきた。私は腕に食い込んだ刃の部分を左手でしっかりと押さえると、貴子の顎に狙いすまして横殴りの頭突きを入れた。

思えば冷静な身の動きだった。それは私が前にこの包丁でローストビーフを切ったことがあったおかげである。この長い包丁の刃は、日本刀と同じで、横にスッと引かないと、力で押しつけただけでは切れないのだ。


貴子はいま、病院にはいっている。経過は良好で、日に日に昔の貴子らしさを取り戻しているようだ。退院の日も近いだろう。

ただ、何かのきっかけで、また前のようなことが起こらないとは、もはや今の私には断言できない。他の生命を奪うことを拒絶するのに始まった貴子の拒食は、ついには一番自分にとって大事な生命であるはずの両親を殺しかけるという、皮肉な結果を招いた。

もちろん錯乱した貴子には、私たちは親などではなく、悪魔に見えたのだろう。

もし今度、同じことが起こって、貴子が私たちに刃を向けたら、私はこう言ってみるつもりだ。

「悪魔なら、殺してもいいのかい？」

と。

Night of Galateia

乳房

「おやおや。この連中はまだこんなことをやっとるのか。何とも古色《こしょく》蒼然《そうぜん》たる降霊会だな」

福永《ふくなが》教授は心中で苦く笑った。

一九九〇年のニューヨーク州、ニューロッシェルにある「ザ・ゲイト」というディスコでのできごとである。店の閉店後にやるという降霊会に、酔った勢いも手伝って福永はむりやりに参加させられてしまった。福永をしつこく誘ったのは、研究室の同僚であるアンソニー・ジャーニ教授だった。福永もアンソニーも、ともに四十代半ば。大脳生理学の研究では気鋭の研究者である。福永は研究室の客員としてニューヨーク大学に招かれ、ここ半年ほどはアンソニーと共にβ《ベータ》エンドルフィン（脳内麻薬物質）の研究に没頭していた。

この物質は、宗教的な恍惚《こうこつ》や、「悟達《ごたつ》」の感覚に、LSDと同様、深い関わりがある。そのあたりからアンソニーは、いまだに学界では擬似科学扱いされている心霊科学の分野に強い興味を示していた。

「とにかくね、トモヒコ。今日、やってくるシュヴィッタース夫人ってのは、並の霊媒じゃないんだよ。インチキ霊媒は僕もたくさん見てきたし、僕だって科学者だ。トリックを見抜く目くらいは持っている。十数年前に、ボストンで一度彼女の降霊会に参加したことがある。とにかく目の前で、口と鼻から本物のエクトプラズムを吐くんだ。それが少しずつ人間の姿になっていく。信じられるかい？」

アンソニーはジン臭い息を吹きかけながら、しきりに福永を誘った。

「〝僕だって科学者だ〟と君は言うけれどね、アンソニー。世の中に科学者くらい、トリックに詐《だま》されやすい人種もいないんだよ。スピリチュアリズムの歴史は、純真な科学者が海千山千のトリッカーに詐され続けてきた歴史でもある。心霊トリッカーたちの前じゃ、科学者なんてのはほんとうに赤ん坊より無邪気な存在なんだよ」

福永は、自分の知っている限りの心霊詐術の仕組みをアンソニーに話して聞かせた。

心霊科学の火つけ役になった「フォックス姉妹」の話。彼女たちが霊と交信してたてる「ラップ音」、いわゆるポルターガイスト現象の根本とされている騒霊現象は、幼い姉妹の特殊な遊びから生まれた。つまり、二人は足首の関節を使って、手指をパチンと鳴らすような、かなり大きな音をたてることができたのである。フォックス姉妹は、四十年後にこのからくりを告白している。

にもかかわらず心霊に関する現象、関心はその後も独り歩きを始めた。さまざまな霊媒が登場しては、次々にトリックを暴かれていった。トリックを看破したのは、主に科学者ではなくて、現場に同席したプロの奇術師である。

中でも、「縄抜けの天才」と称されたフーディーニは、数多くの降霊会に同席して、さまざまのトリックを暴いてみせた。

たとえば、科学者がどうにも説明をつけられない現象を起こす、某女霊媒がいた。

まっ暗にした部屋の中で、出席者はテーブルを囲む。霊媒であるその夫人の両手は、数珠つなぎになって結ばれた出席者の手でしっかりと握られている。同様に、夫人の足も、左右の出席者が踏んで押さえている。つまり、夫人は両手両足をまったくつかえない状態なのだ。

それにもかかわらず、降霊が始まると、テーブルが怒ったようにガタガタと震え出し、ついにはテーブル自体が空中に投げ出されてしまうような現象も起きた。

赤外線カメラなどのない一九〇〇年代初頭のことである。部屋をまっ暗にしておくことは、降霊の絶対的条件とされていた。かといって、誰かが机の下にもぐり込める状況でもなければ、何かでテーブルを吊っているのでもない。そうした可能性は、「科学的な調査」によって否定されていた。

学者たちは、この夫人の霊能力の存在を認めざるを得なかった。

しかし、フーディーニは諦めなかった。

ある日、彼はあらかじめ打ち合わせをしておいて、自分の両手を左右の人から離し、机の下に広げておいたのである。

降霊が始まってしばらくすると、その机の下で待ち受けている両手の中へ、夫人の「頭」が突っ込んできた。

そうした事例を、十も二十も話したのだが、アンソニーは首を横に振るばかりだ。

「トモヒコ。君はそうやって、自分の体験を抜きにした、ペーパーの上の資料だけで結論を出そうとしている。しかも、その資料は、反オカルティックな視点から収集されたものばかりだ。それが〝科学的態度〟と言えるかい？」

「結局のところ、どうしても僕をその降霊会につきあわせるつもりなんだな？」

「その通りさ、トモヒコ」

アンソニーは新しいジンを注ぎながらウィンクを寄こした。

福永は、うんざりして肩をすくめてみせた。

客の帰った後のディスコで、余分な椅子とテーブルが隅に寄せられ、フロアの中央に丸いテーブルが置かれた。

店内に残っているのは、七、八人の常連客だ。それに店長のウィリー。こいつはアレスター・クロウリーの全集を、何十回と読み返しているという、オカルト狂いのオランダ人だ。

ウィリーの短いコメントの後で、シュヴィッタース夫人が呼び込まれた。

灰色の髪をして、肥満体の六十近い女性だった。彼女の顔は、くっしゃりとしてチワワに似ていた。

ウィリーとアンソニーの間に彼女は席を取った。アンソニーの横には福永がすわる。残りの出席者は、三十近いヒッピー崩れの夫婦、ホモのカップル、カラテのインストラクターをしている黒人などで、いずれもこの店の常連だ。

夫人は、

「では始めましょう」

と、事務的な口調で言った。

「まず、どなたか室内の電気を消してください」

ウィリーが立った。やがて店内がまっ暗になった。

「では、お互いに隣り同士の方の手を握り合ってください。決して放さないように」

福永は、アンソニーの左手を自分の右手で握り、左隣りの黒人の右手を、自分の左手で握った。

「いいですか？　きちんと輪になっていますか？　では目を閉じて、みなさんで私の方へ意念を集中してください。それがとても助けになります」

夫人が意志を集中し始めた。

二分ほどしてから、〃コン〃と大きな音が空中でした。

「あっ、だめっ」

夫人が鋭い声で言った。

「何があっても手を放さずに。手でつくっているこの輪は絶対に切らないように。これだけは守ってくださいよ」

全員の間に緊張が走った。

「なんという古くさい手だ」

福永は心の中で舌打ちした。

これでは一九一〇年代のインチキ降霊会から、一歩の進歩もない。

今のは、その頃の会でよく使われた手だった。何らかのアクシデントをきっかけに、霊媒が左右の人間の手を握っていた手を放す。次に、

「絶対に手は放さないように」

と言いながら、左右の人間同士の手を結び合わせるのである。

これで、霊媒の両手は自由になる。小道具のタンバリンを叩《たた》くのも、ラッパを鳴らすのもやり放題だ。こんな簡単なトリックに、ユングやマイヤーズクラスの学者が手もなくひっかかってしまった。

〝闇〟の持っている力が人間を過敏にさせ、その分、判断力を失わせているのだ。

苦笑いしかけようとしたとき、闇の中に、なにか異様な匂いがたちのぼった。動物の骨を、スパイスもなしに煮立てたような、生臭い匂いだった。

つづいて、ねっとりとして細い男の声がした。

「ここは何だ。暗くてよく見えん。誰かブラインドを上げてくれんか」

くぐもって、奇妙な訛《なま》りのある英語だった。

「あなたの名前は？」

シュヴィッタース夫人の、りんとした声が響いた。

「ルーク・グラハムだ。あんたは誰だね」

それに答えず、夫人は質問を続ける。

「ルーク・グラハム。ＯＫ、ルーク。あなたは何年生まれなの？」

「一九二四年生まれだが、それがどうしたね」

「いまはどこにいるの？」

「どこって。おれは生まれてからずっとこのテネシーだよ」

「仕事は？」

「Mr.ケリーの養鶏場さ。鶏のケツ見て卵を集めるのが商売だ。ここはどこなんだ。鶏舎の中かと思ってた。あんまり暗いもんだから」

「あなたは、自分がもう死んでしまったことに、まだ気づいてないのね」

「死んだ？　おれがかい？　いやだなあ。変なこと言わないでくれよ」

「その証拠に、あなたには〝体〟がないじゃない」

「〝体〟？　体のない人間がどこにいる」

「あなたは、それを私たちに見せることができる？　闇から出てきて、あなたの体を見せることができる？」

「あたりまえじゃないか」

シュヴィッタース夫人の席。夫人の鼻と口とおぼしきあたりから、もやのようなものが吐き出され始めた。闇に慣れてきた目にはあざやか過ぎるくらいに白く、そのガス状のものはそれ自体がぼんやりと発光しているように思えた。しかもそれは、もくもくと膨大な量、夫人の口から吐き出され続けた。

ガスは、やがて夫人の斜め後ろで、次第に人間の形をとり始めた。四十前後のたくましい労務者風の男。見ようによってはそういう風にも見えた。

「ルーク。私たちはあなたがよく見えるわ」

「ああ、そうかね。しかし、おれはもう鶏舎へ帰らないと」

「ルーク。あなたの帰るところは鶏舎なんかじゃないのよ」

「卵が腐っちまう」

「あなたは、もう死んでいるのよ」

「卵を集めないと……」

福永の中で、何かが切れた。

〝百年前のトリックをやりやがって〟

彼は左右から握られていた手をふりほどくと、〝幽霊のルーク〟にむかって突進した。両腕を拡げて、ルークの体を抱くような形でがっしりとつかんだ。

瞬間、頭部になにかものすごい衝撃がきた。

同時にシュヴィッタース夫人の痛々しい悲鳴。

「明りをつけるんだ」

アンソニーの声がした。

「だめっ、急に明りをつけてはいけないっ」

夫人の声がした。

すったもんだの騒ぎの後、ディスコのフロアに照明がはいった。〝幽霊のルーク〟の姿はどこにもなく、けいれん状態になっているシュヴィッタース夫人を、店主のウィリーが手当てしていた。

「なんてことをしたんだ、トモヒコ」

アンソニーが暗い声で言う。

「別になにも」

福永は落ちつき払って言った。

「なにもじゃないだろう。霊体にショックを与えて逃がしてしまったうえに、夫人は急にエクトプラズムを絶ち切られて、死にかけてるじゃないか」

「いいかい、アンソニー。僕は、あのルークとかいう幽霊を、さっき、この両腕で抱き止めたんだ」

「それがどうしたんだ」

「ルークの胸にはね、でっかいおっぱいがふたつあった。シュヴィッタース夫人のと、まさるともおとらない奴《やつ》がね」

アンソニーは、それを聞くと、けいれんを続けているシュヴィッタース夫人の豊満な胸に、暗い目を転じた。

日本に帰って三ヶ月ほどした頃、福永のもとにアンソニーから一通の封書が届いた。あけてみると、中には、古い新聞のコピーがはいっており、一部に赤線の囲みがはいっていた。一九七二年のニューヨークタイムズのコピーだった。三面記事の中でも目立たないくらいの、ごく小さな記事を縮小コピーしてある。

ぼちぼち老眼の出だした福永は、ルーペを出してその記事を読んでみた。

『ホルモン異常の男性自殺。養鶏場の残飯でボインに。

――六月十一日早朝、ルーク・グラハム氏（四十八歳）がショットガンで自殺しているのを近郊の主婦が発見した。グラハム氏が残した遺書によると、氏は市内ウィリアム・ケリー氏所有の養鶏場に長年勤務していた。排卵を誘発するために、鶏の配合飼料には多量の女性ホルモンが添加される。ルーク氏は長年、この廃鶏を下取りして日常食としていたために、胸部の女性化をきたした。自殺の主な原因は、この胸部の女性化によるものと思われる』

福永は、闇の中でさぐりあてた、ふたつの豊満な乳房を思い出した。

以降、福永は前にも増してオカルトを毛嫌いするようになった。

Night of Galateia

翼と性器

『連絡もせずにすまなかった。三ヶ月ぶりの手紙だ。

私が突然病院を辞したものだから、君もさぞ驚いたことだろう。おまけに何ヶ月も行方知れずではね。心配をかけたのならお詫《わ》びしておく。

病院時代は、ろくな同僚や上司に恵まれなくて腐っていたのだけれど、唯一《ただ》人の親友だった君にだけは近況を報告しておきたい。今、僕は四谷にマンションを借りて独りで住んでいる。新しい産院に勤めもせず、誰とも会わずに一日中考えごとをしている。別にノイローゼではない。気分は素晴しく清澄だ。今までの自分が汚泥の塊であったような気すらする。

実は二ヶ月前にトルコに渡って去勢手術をした。陰茎も切除した。

おいおい、後ろにひっくり返らないでくれ。

そして誤解しないでほしい。僕はホモセクシャルではないし、女装趣味、性転換願望の所有者でもない。そういう人々を異端視する気はさらさらないが、自分がその世界の一員でないことは断言できる。

どちらかといえば、僕は「無性願望」の持ち主だ。両性《バイセックス》ではなく、無性《アセックス》。だから陰部を切除した後にも造膣《ぞうちつ》手術なんてものはしなかった。僕にとっては、それはとんでもなくおぞましいことだ。せっかくひとつの性を放棄したのに、なぜまたわざわざ別の性のくびきにいましめられなくてはならないのか。

僕は長年の願望をついに果たしたのだが、この性向は後天的にはぐくまれたもののようだ。

おそらくは、君のように外科手術の畑を選んでいたら僕もこうはならなかったろう。産婦人科なんてものを二十年もやってるとね、人間の性という奴《やつ》がうとましくなってくるんだ。ことに、ローティーンの子供の堕胎手術の後なんかにはね、自分がイナゴの大群の中でもがいているような、とても埃《ほこり》っぽい気分になる。あるいはセックスに起因する難病をかかえこんだご婦人を診るときもそうだ。

そんなことが二十年も続くうちに、僕の中では無性への憧憬が降り積もっていった。そして、それは「天使」への興味につながっていった。

「天使の性別」について大昔からさまざまな議論があった。典型的なのは、の宗教会議だ。ちょうどこの前のクウェートのように、そのときのコンスタンチノープルは大量のサラセン軍に包囲されていて、今にも占領されようかという状態だった。そんな中で宗教会議が開かれていたんだ。

議題は「天使の性」についてのトリビアルな定義についてだった。

これ以降、現実の危機を忘れて空疎な議論にふけることを、「天使の性」という。ビザンチン的なそういう教条議論を人々が嘲笑するわけだ。ただね、僕にはこの宗教家たちの気持ちがわかる気がするよ。

君は、バルザックの『セラフィタ』という小説を読んだことがあるかい？

これは、十九世紀のノルウェーの村に生まれたセラフィタという、男でもあり、女でもある人物を描いた小説だ。セラフィタは、ミンナという少女から愛され、同時にウィルフレッドという旅人の男からも愛される。セラフィタは、二人を愛しながらも、結ばれることを拒んで、地上の愛を解脱《げだつ》して、天使となって昇天する。残されたミンナとウィルフレッドは最後にはお互いが地上の愛で結ばれることになる。

美しい三角形、天上へのまなざしのある物語だ。理屈好きの君なら、ヘーゲルだのアウフヘーベンだのと、ややこしいことを言い出すかもしれない。

この小説では、最後までセラフィタが実際には両性具有者であったのかどうか、といった、「下《しも》」の描写は出てこない。

バルザックはスウェーデンボリの思想に影響を受けていた。スウェーデンボリは北欧の神秘主義者で、霊視によって天上界を見聞した人物だ。彼は、天使には男性と女性の区別がある、と言っている。ただし、それは天使の持つ「本質」のふたつの現われ方なんであって、決して性器がどうこうといった次元のことではないんだ。

実際のところ、天使の性はどうなっているのか、僕にはよくわからない。アルベール・ベガンの書いた〃真視の人バルザック〃という本には、実際に幻視で「その股間を見た」という人のエピソードが紹介されている。十七世紀のブリニョン夫人という人だ。ただし、これは天使の股間ではない。イブがまだ作られる前の、原初の人間アダムを霊視によって見たそうだ。夫人によると、こういうことだったらしい。

「その部分は鼻の構造をしていて、顔にある鼻とおなじ形であった。しかもそれはすばらしい匂いと香りの源であって、人間がそこからまた出生するはずのものであったが、彼らのなべての要素は彼の体内にあったものなのだ。と申すのは、彼はおなかの中に、小さな卵がその中で生まれる管と、これらの卵に受精させる液のみちみちたもう一つの管を持っていたから」（西岡範明訳、審美社刊より引用）

僕には、どうもこの「鼻」はいただけない。ここには「無性」の持つ上方への解脱がないからね。物質界への下放《かほう》が感じられるだけで、これではまるで「高等なミミズ」ではないか。

天使の股間は、ちょうど日本の仏のそれと同じように、性を超越したものでなければならない。天上的に「ツルン」としていなくては。

性器を取り去った僕の、今のこの清澄な気分は、ある程度この天上的な愛の世界を暗示しているのかもしれない。

ただね、君、僕の股間はたぶん天使のそれには近いんだろうが、「尿道口」というあまりいただけない穴がひとつ、口を開いている。たぶん、天使にはそんな野暮なものはないだろう。

ひょっとすると、天使には、口も耳も目も、そんな人間的な器官は一切ないのではないかだろうか。翼すらなくて、ただただ光、内から発する光によって全てを知覚する。そんな存在が天使なのではないだろうか。

僕はどうしても天使に会いたい。

ただ、性器を取り去って澄んだ気分になったところで、僕は天使を見ることはできないだろう。おそらくは、地上的な人間の肉体器官を、いかに鋭く磨いたところで、我々には天使を感知することはできまい。

そう考えて、結果、今夜僕は自分の頭蓋骨に、自分で手術をすることにした。

君はまた後ろにひっくり返りそうになっているね。僕が、おかしくなったと思っているんだろう。まあ、聞いてくれ。

松果体《しょうかたい》というのは、太古には水棲《すいせい》生物の頭頂にあった「第三の眼《め》」の退化したものだ。かつては光を感知する役割を果たしていたのだけれど、生物の進化に従って脳の内部に引っ込んでしまった。

ただ、今でもこの部分は、時間感覚や超常的感知能力の原泉ではないかと見られている。

太古から人間は、この第三の眼の存在を直感的に知っていた。バラモン教の神々や、それを取り入れた仏教の神像には、この第三の眼が描かれている。

インカの遺跡からは、頭部切開手術の跡のある頭蓋骨がたくさん出てくるが、この一部には、脳疾患に対する外科手術だけが目的だとはどうしても考えられないものがある。これは、実にたくさんある。両眼の中間から数センチ上の部分の頭蓋骨を菱形《ひしがた》に切除してあるのだ。

つまりね、君、これは「窓」なんだよ。

外界ではなくて、天上へ向かって開かれた「窓」なんだ。開けっ放しの天窓を持つ牢《ろう》につながれた人は、現実的には雨や寒さでひどい思いをするだろう。しかし、彼は晴れた日には星空を見ることができるんだ。「窓」からね。

今晩、僕は実に簡単な切開手術をすることにした。自分で自分の眉間の骨を切除する。麻酔は使わない。

それによって、僕は真なるもの、天使を見ることができるようになるだろう。

心配しないでくれ。僕は医者だ。パラノイアになっているのでも何でもない。全ては必然によって導かれたものなのだ。

後日、天使の性についての「真実」を君に伝えることを約しつつ筆を擱《お》く。

大兄へ無沙汰を深謝しつつ

三月二十一日　吉岡保《よしおかたもつ》』

手紙を書き終わったあと、吉岡は手術を開始した。

術具にはサヌカイトの石器を使った。

すさまじい血が流れたが、不思議に痛みは少なかった。

約二十分後に、額の中央から、三センチかける二センチほどの、菱形の骨片が抜き取られた。

吉岡はその「窓」に透光性のフィルムを貼りつけて周囲の皮膚組織と縫い合わせ、念入りに傷口を消毒した。

体力はさすがに消耗していたが、気力はまだ充実していた。

彼はそのまま、密教でいう「阿字観《あじかん》」のメディテーションにはいった。「天使」の二字を想《おも》って、そこに想念を集中したのである。さすがに坐禅《ざぜん》は組めなかった。ベッドに横たわって、たった今開いたばかりの「窓」に気を送った。

一時間ほど、そうして忘我の境地にはいっていたところ、額の上の「窓」に、何かしらもやもやしたものが像を結んだ。

吉岡は、その窓に気を集中した。

診察室にいる自分の姿があった。

診察台には、下半身をむき出しにした患者が横たわっている。

覚えがあった。

半年ほど前に診た女子高校生だった。

妊娠三ヶ月目にはいっているのは、血液検査の結果を見るまでもなかった。

高く、カエルのように拡《ひろ》げられた少女の下半身を見て、吉岡は欲情していた。

少女の顔は、腹のあたりで仕切られたカーテンに陰《かく》れて見えない。ただ、そのカーテンの向こうには、先ほどの問診時に見た、まだあどけないが肉感的な顔と上半身があるはずだった。

今は失われた吉岡の性器が、夢想の中では痛いほどにエレクトしていた。

吉岡は、自分のそんな状態に気づいて混乱した。早く診察を終わらせようとした。

吉岡と少女を隔てているカーテンを、やや乱暴に開ける。

「はい。いいですよ。あなた……」

言いかけて、吉岡は絶句した。

カーテンの向こうのベッドから、左右にコウモリのそれのような巨大な黒い翼が拡がっていた。何千匹というハエが、その翼のまわりをぶんぶんと飛びかっていた。

黒い翼の中央には腫物だらけの胴体があり、そのさらに上には「狂った山羊《やぎ》のような」顔があった。

二本の角のあるその顔は、白眼をむいて口から泡を吹きながらこう言った。

「さあ、お望みのものをとっくり見せてやるぞ兄弟。俺だって昔は天使のはしくれだったんだからな」

そいつは自分の股間を指さした。

女子高生の色白な脚は、いつの間にか剛毛におおわれ、かかとには蹄《ひづめ》がついていた。そして股間には長大で、それ自体が別の生物ででもあるようなペニスが波状に伸縮しながら屹立《きつりつ》していた。

「兄弟よ。そんなに恐《こわ》がることはない。すぐにたまらない気持ちにさせてやるからな」

山羊はそう言うと、上半身を起こして吉岡の頭を抱え込み、力ずくで自分の股間へ引き寄せた。

吉岡は、そのけがらわしいものを避けようとして、必死に口をつぐんだ。ただ、それは彼の勘違いだった。

山羊の長大なペニスは、一瞬たわんで蛇のように反動をつけると、そのままずぶりと吉岡の「第三の眼」の中へ突入したのである。

エピローグ　首屋敷

少年は、人体模型の胸から身を離した。

すべての話を聞き終えたのだ。

それでも彼は不満だった。

「もっと。話を」

人体模型は突っ立ったまま、むっつりと黙りこんでいる。

「足りないんだ。話をするには、もっともっとパーツが要る。心臓、声帯、尿道、脳みそ……。そうなんだね」

人体模型《ガラテア》は答えない。

「話を続けるんだ。要るものはあげるから」

少年は、Tシャツ、スラックス、下着、ソックスを脱いで、素裸になった。これ以上裸にはなれないくらい、裸になった。

人体模型は、縫い合わされた宝貝《たからがい》の目で、その裸身をながめおろしている。

少年は、一歩、二歩。ガラテアに近づく。
柔らかな髪がガラテアの肋骨《ろっこつ》にふれる。
人体模型の腰骨が、
ぎぎ
とかしいだ。
上体が前へ倒れ、八本の腕が少年の裸身を抱きしめた。
お話がまた、始まった。

解説――宇宙の閉鎖性について

いとうせいこう

らもさんと自分との意外に浅からぬ関係については、別の出版社の文庫解説にくわしく書いた（『中島らもエッセイ・コレクション』ちくま文庫）。

がしかし、これだけはもう一度記しておかねばならない。私は中島らもによって素人《しろうと》の世界から外へ引っ張り出された人間であり、今のとりわけヒップホップ界で「フックアップ」と言われる行為によってテレビの世界に入ったようなものなのである。特に関西で。

この〝特に関西で〟というところが重要で、これも〝別の出版社の文庫解説〟で思い出されているのだが、私はある時関西で舞台に出たついでになんとなくらもさんによってどこかの事務所に連れて行かれ、そこで持てる自分の〝密室芸〟をすべて披露したのであった。

その中でオンエア出来るぎりぎりのものがのちに何回かに分けられて深夜に放送されたことを、私は人づてに聞き及ぶのだが、今でもその一部がYouTubeによって見られる。

そこには竹中直人《たけなかなおと》やシティボーイズといった私の仲間といっていい先輩たちと、その頃は見知っていなかった若きダウンタウンの姿も映っている。ダウンタウン含め、私たちはいわゆる〝関西っぽい〟パフォーマーではなく、そういうテイストの人間をらもさんは選抜していたわけである。

こういうところでしか書けないエピソードだから筆を伸ばすが、さらにのち八〇年代後半だったかのフジテレビのお笑い特番収録で、私は先輩大竹《おおたけ》まことと二人で関東初上陸ではないかと思われるダウンタウンのコントのリハーサルを見た。舞台上に部屋のセットがあり、その中で松本人志《まつもとひとし》が（いや浜田雅功《はまだまさとし》だったかもしれない。彼らはボケツッコミの固定を嫌ったはずだから）人形か何かを相手に「ビシッ」「ビシッ」とムチをふるっている。なんの説明も加えられず、そのシーンは続き、いい加減何も起こらないのかと思った時、後ろの窓が開いて浜田雅功（いややはりここは松本人志だったろうか）が「ビシビシ言うな！」と叫ぶ。ひとつ間があって暗転。

これは客を思いきりつき離すコントであった。スタッフから笑い声はせず、笑ったのは私と大竹まこと二人だったのをよく覚えている。それは完全にモンティ・パイソン風味の、少し残酷でわけのわからないものだった。

いわば東西のお笑い事情からすれば、本来は東のテイストだったものが西からあらわれた歴史的な衝撃的瞬間であった。そのことのショックみたいなものが私を笑わせたといっていいと、この年になるとわかってくる。

ただもうひとつ書き加えておくならば、YouTube で見ることの出来る中島らも中心の深夜番組において、同じような家のセットが使われ、そこにらもさんとダウンタウンが出てくるコントが存在する。これは私自身、見て驚いたものだ。人を拳銃で撃つという異常なことが起こり、やがて背後の窓が開く。また撃たれる。つまりなんのオチもない。その構造が同一だったのである。

誰が作ったコントかはどうでもいい。大事なことはひとつ。若い頃の私が〝本来は東のテイストだったものが西からあらわれた〟と感じていたものは、中島らものもとでは〝あくまでも西で生まれたもの〟だったのだ。それが私たち東の芸人の前で披露されたに過ぎなかったのである。

いや、もっと言えば当然、中島らものもとでは、本来東も西もなかった。少なくとも本人にとってはどう考えてもそうだった。だが周囲が色を付けて考えたがった。その方がわかりやすく分類出来るからである。その習慣はあの時も、そして今も笑いを縛っている。あれは東京っぽいとか、関西がやっぱり一番だなどなどと。

前置きが長くなったが(しかもかなり偏った部門の話になった)、そうしたらもさんの着せられた〝西の濡《ぬ》れ衣《ぎぬ》〟みたいなものは、本書『人体模型の夜』ではかすかな存在さえも感じられない。あふれる知にとって地域性は遊びの土台にはなっても、書き手の想像力の縛りにはならない。当たり前の話だ。

ただ、ここには耽美《たんび》性というマナーがある。あるいは残虐性というモードも通奏低音として響く。プロローグ「首屋敷」は、いかにもなゴシックホラー感で始まり、そこから生じていく物語には幽霊譚《たん》からスプラッターまで、各種の「恐ろしさ」がちりばめられている。ただその世界観を世に生み出すにあたって、もうひとつの縛りがこの短編集にはある。「EIGHT ARMS TO HOLD YOU」から一節を引こう。

「本来なら秀逸なアルバムが一枚作れるだけの素材を、三分間の一曲に凝縮してしまった」

読者なら誰でも、このフレーズこそ『人体模型の夜』そのものを言い表すにふさわしいと感じるだろう。そもそも物語に複雑な伏線があったり、読む者への裏切りがあったりと、今で言うところのコストパフォーマンスが超高いことはもちろんなのだが、そこに中島らもという人のあらゆるジャンルへの知識が意味深い装飾として使われていくことにこちらは舌を巻く以外ない。

邪眼のこと、男子出生率のことなどは多少知識にあるとしても、火事の被害が壁の内側の空間を伝って広がること、ピラミッドの建築上のきわめて細かいバランス（雑誌『ムー』的な）、ジョン・レノンの死をめぐるひとつの数字のことなどなど、書いているうちに思い出すことが必要になったのか、あるいは話の全体を思いついたあとでその虚構の骨組みを強固にするために召喚されたのか。

ともかくそうした細かい具体があるからこそ、この〝夜の戯れ〟とでもいえる物語の持つ娯楽性が一段も二段も深くなる。よりはまりこんで酩酊《めいてい》出来る。これはつまりプロの仕事というものなのだが、そうした技術への徹底して冷静な姿勢は、中島らもという作家の見事に乾いた部分である。

さっき書いたように、話を作っていてふとリアリティの補足を呼び込むよう心がけていたのか、あるいは本筋とは離れたところにある知識のかけらこそが実はひとつの物語創造の素《もと》になっているのかはわからない。そこが物書きの錬金術である以上、さらにはらもさんがこの世から隠れて久しいからには、私たちにはたどりようのない事柄だ。

けれどもらもさんが何度かエッセイにも書いたに違いないし、私も直接ご本人から聞いた話では「飲んで意識不明になるんやけど、朝起きると原稿が出来てる」というのが、のちの書き方ではあった。とすれば本筋も脇筋も途中の寄り道もすべて、無意識の奥からうねうねとやってきてひとつの作品を作った時期は確かにあるに違いない。それがご本人にとって幸福だったかは別として。

その時、中心も周縁もきっとないだろう。本筋をたどることと、そこから離れた描写へと脱線していくことが、書くという肉体的な行為によってのみぎりぎりこの現世の中でたったひとつの文章をつないでいく。たった一度だけ私もなぜだかアルコールによる激しい酩酊の中でとある若手作家の作品の核心を誉《ほ》める批評を書いたことがあり、現にその作家は今では世界的な人物になりかかっているのだが、それは自分が書くことがしょせん小さな自意識で覆われることにあらかじめ嫌気がさしていたからであった。それでつい口にしたアルコールが次々と自分を解放し、同時に相手に対して無意識に立ち現れた嫉妬のようなもので責めさいなまれもした。

だから〝中心も周縁もない〟ことが決して気楽なものでないことは、私程度の人間でも想像出来る。これは〝東も西もない〟ことにも言えるはずで、特にらもさんくらい物を知ってれば、どちらかにバランスを振ることは自在に出来、だからこそ嫌気がさすに決まっている。この宇宙が閉じられていることを、書くたびに知ることになるからだ。

唯一、その苦しみを軽減する方法は「戯れる」ことしかないはずで、それには何よりもまず自分がいることを許し得る「遊び場」が要る。ある意味でそれは例えばホラーというジャンルを決めることであり、決めればおのずとルールが生じてくる。あとはそのルールに従うか外すかの遊びになる。

この短編集の始まり「首屋敷」が、のちの各章のイマジネーションの謎の源泉になっているのも、当然そうした「遊び場」の規則のためであり、〝この宇宙が閉じられていることを、書くたびに知る〟その苦しみから少しでも逃れているための薬のようなものだ。万能感を叩《たた》き潰される前に、小説内の規則が万能をあらかじめ否定してくれるからだ。それは〝西の濡れ衣〟のような俗っぽい限界に人を封じ込める退屈さよりはましである。

ただし、読者がその苦しみに伴走する必要などない。

作家に寄り添うのは残った作品だけだから。

どのように書かれたにせよ、そこにどんな苦しみや喜びがあったにせよ、作家の頭蓋骨の内側から手を伸ばしてその人の精神を外化したのはテキストであり、膝に出来た人面瘡《じんめんそう》が人物自身を食うような矛盾を経験したのはやはり作家以外には作品のみである。

では私たち読者はその作品にどう接すればいいのか。

そんなことは私の知ったことではない。

なぜならもう、あなたはうっかり読んでしまったはずだから。

読んだあとで外から何を言っても取り返しがつかないではないか。

もしもその作家の狂った精神があなたの脳の奥深くへシナプスをつないでしまったのだとしても。

それが読書そのものの恐ろしさであり、中島らもがそこをひとつの戯れの場に選んだ理由であろう以上、特に。


（いとう・せいこう　作家／クリエーター）

本書は、一九九五年十一月、集英社文庫として刊行されたものを改訂しました。

中島らもの本

ガダラの豚 Ⅰ・Ⅱ・Ⅲ

魔神バキリの呪術パワーを奪え！　テレビの取材でケニアを訪れた主人公を待ちうける驚天動地の大事件。超能力、占い、宗教……現代の闇を抉る、まじりけなしの大エンターテイメント。日本推理作家協会賞受賞作。

集英社文庫

集英社文庫

人体模型《じんたいもけい》の夜《よる》

2022年6月25日　第1刷　　　定価はカバーに表示してあります。

著　者　中島《なかじま》らも

発行者　徳永　真

発行所　株式会社　集英社

東京都千代田区一ツ橋2-5-10　〒101-8050

電話　【編集部】03-3230-6095

【読者係】03-3230-6080

【販売部】03-3230-6393(書店専用)

印　刷　大日本印刷株式会社

製　本　ナショナル製本協同組合

フォーマットデザイン　アリヤマデザインストア　　　マークデザイン　居山浩二

ISBN978-4-08-744401-8 C0193